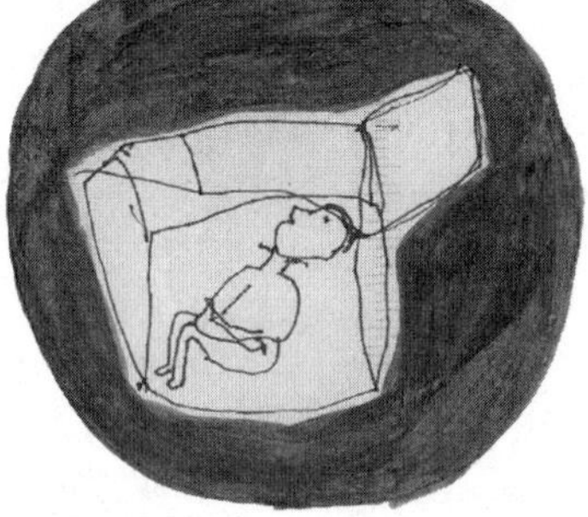

除以一

孫梓評

孫梓評作品集　10

除以一

作　　者　孫梓評
企畫編輯　紫石作坊
責任編輯　胡金倫
發 行 人　涂玉雲
出　　版　麥田出版
城邦文化事業股份有限公司
100台北市中正區信義路二段213號11樓
電話：(02)2351-7776　傳真：(02)2351-9179、(02)2351-6320
發　　行　英屬蓋曼群島商家庭傳媒股份有限公司城邦分公司
104台北市中山區民生東路二段141號2樓
電話：(02)2500-0888　傳真：(02)2500-1938
E-mail：cs@cite.com.tw
郵撥帳號：19833503 英屬蓋曼群島商家庭傳媒股份有限公司城邦分公司
香港發行所　城邦（香港）出版集團有限公司
香港灣仔軒尼詩道235號3樓
電話：2508-6231　傳真：2578-9337
E-mail：hkcite@biznetvigator.com
馬新發行所　城邦（馬新）出版集團 Cite (M) Sdn. Bhd.(458372U)
11, Jalan 30D/146, Desa Tasik, Sungai Besi,
57000 Kuala Lumpur, Malaysia.
電話：603-90563833　傳真：603-90562833
e-mail：citecite@streamyx.com
排　　版　紫翎工作室
印　　刷　禾堅有限公司
初版一刷　2005年12月15日
售　　價　220元
I S B N　986-173-014-1

倘若在同一時間，不同地方，做所有人

——文·溫德斯（Wim Wenders）

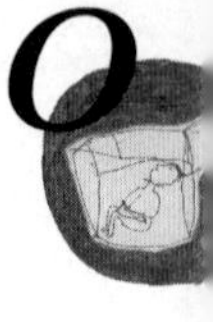

除以一

我們究竟是怎樣的一代？

既無法以幾個形式詞作為潦草的代表，也無法偷懶地拿媒體想要簡化的答案穿上，以為這就是自己的美麗衣裳。有趣的是，已經到了回答的時候嗎？到了那個把自己交出去、站在一個什麼位置、擺出一種什麼姿態的時候。然而翻開某詩人的自傳體，我好羨慕他降臨在一個與海浪等老的年代，他的樓窗沿著港濱，空襲的戰機如同巡邏的視角神經，也在詩的領土上偵察備戰。那時，他仔細琢磨著一句長短的意象，在颱風的校園裡，可曾想像過自己的遠方？

我們甚且錯過了一個慘白的年代，像泛黃電影裡那個殺人少年的父親，端坐方形冰塊之上，細細地冗長地終於成為一種虛構性地隱瞞了真實而或真實從來不存在地自白著，那樣地懺情，個人意識尚未如半島浮升海域，卻無比焦躁地預備著，等待一次義無反顧的爆炸。因為諸般禁忌，聲光影色不夠充分，想像力特別豐沛，祕密的隔閡裡彷彿藏有多種不能細說的感官美，奇異地發芽、竄生。

殖民、光復、戒嚴、解嚴，種種政治措施像島嶼身上不能說謊的年輪，影響互文著各類敘述，我們做為一群遲到者，還沒有開始抵抗，體內儲滿了電力，太浪漫地躍躍欲試著一場革命或者其他的傻氣，卻沒發現有大量的洞口開閘，我們前前後後地穿越了閘口，沒留下什麼。

帶著思考未完全的身體，一種變動中的地層，在偶然的破土一瞬，有麥克風遞到面前：請問你們是□□的一代嗎？

怎麼能大聲地說出，並且真摯地相信呢？當我們還那樣小心翼翼地剝落身上的髮膚，因著無可抵抗的貧白環境，就在體內循環一種擴張的實驗，把某些基點一再地濡染，追索一個不存在的圓心，對抗那些物質的、符號的、論述的，大量的交談卻不完全溝通，然而這一切也仍無法推動自己往一個確切應該抵達的礦物層。卻已經到了回答的時候，到了那個把自己交出去、站在一個什麼位置、擺出一種什麼姿態的時候？

也許我真正想拉扯的是時間的線，讓我可以暫時安全地隱匿在緩慢之後，不那麼急著表白與告訴，我可以更自在地思考或被思考。無可抵抗的年代裡，還有沒有人在乎本質與意志？或者，一切只需要更加綜藝地演出？

這是我在生活中所面對的。

長久的書寫傳統之中，散文像一種易寫難工的技術，很難抵達自我的核心。在這本

《除以一》裡所輯錄的作品亦然。它收錄了我從上一本散文集至今的時光：退伍、求學、就業，約莫五年，身分更改，生活片段光影間，願意被記錄下來的些許思考。相對於一些其他以主題為隱喻創作的作品，或許顯得模糊與渙散，但是，在這些看似不連貫、不集中的書寫裡，我希望可以讓生活與生活者的轍痕被留下；如果時間，也曾以同樣的方式在我身上留下一些無可名狀的遺跡。

作為聆聽身體、時間、世界、他人的交集與總合，我雖無法一一細數或交代那些已發生與未發生的，然而我感覺自己總像是無時不在等待著這個世界告訴我一些什麼，好讓乾燥的生命可以有一些小小的濡濕。

時間層中的舊事，在成長之後，還不願意放棄。世界的異城，在回到原點之後，還要一再地想起。身體底的意志，是否也在不覺中叛離著我？他人與我之間，又有什麼可說或不可說？這些點線面之間的情事，始終困惑我生活的截面，所以我行走的片刻，會遇見網，龐大之網將我半路攔截，要我提筆書寫。

面對已逝的青春時光，一再回顧之時，也總是有不同的觀點，不忍心將它一筆勾銷，一言難盡，一場糊塗，凡此種種，都像是小小斷代回顧中的召喚，喚他們到我耳邊，給我可聆聽的線索與資訊，我任由這些那些閃逝、發光。

從此而後，我仍願意攜帶一只準備聆聽的耳朵，將苦與樂、無盡的劫，在自己體內交換、循環，讓字仍能被寫，歌能被唱，還會再有一次開心的什麼，遙遠地發聲。

哪怕這一切，只是一次除以一的過程。

二〇〇五年，十月，秋日台北

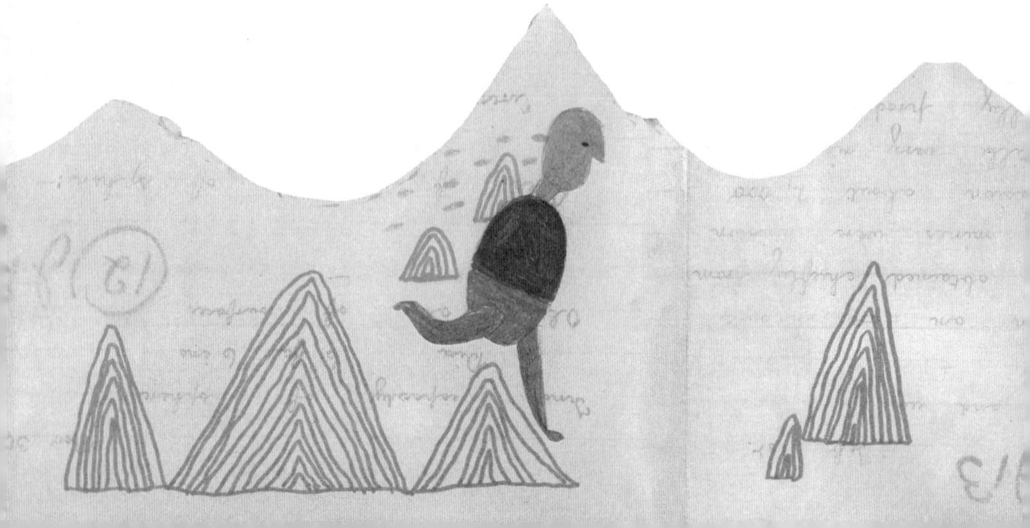

孫以一

孫梓評

目錄

1

惡質鼻子 寫給《香水》的書中人

親愛的葛奴乙：

這個島嶼發臭了，這是我想要寫信給你的主要原因。

這些日子以來，謾罵或耳語在各個角落發酵，夾雜著無法追根究柢的謎團，無人能撥開身旁障礙，因為我們同在一個島，一起領受垃圾與花朵，感知同一氣候與土地的互動，我們手中握有相異的身世與口音，但以相同的膚色為這個世界著色。每一日，唯有各種氣味像線索，指向不同的境域。我無能抗拒外在環境的臨時性與多變動，只好變換屋內氣息，每當一種香精指引，我的嗅覺系統便自動帶路，前往隱形地圖上的他鄉異國，甚且還立體地將舊日場景重建。我迷戀沐浴程序，渴望剝除最後一層肌膚，如果能夠完全將氣味流言拆卸乾淨，只裝置自己願意承受的，會不會太奢侈？

親愛的葛奴乙，那麼，你能理解臭味嗎？當所有的味道對你而言都只意味著存有或本質，所謂的對錯本身就這麼被取消了嗎？夜裡當我自世界歸來，回到賃居的房間，獨自感受身上的氣體記憶：香菸與煙。街塵與人群。賣場音樂。食堂杯盤聲。海潮的侵略。我無從拒絕其中一項，只想著，如果想像中的和解能夠提早到來，或許善惡就不必忙著吞噬彼此了。我也不必如此憂傷無狀，夜半自高樓的陽台向外遠眺，細數瀰漫在空中的字句，某些狡獪與固執，像熔金一般，組合了數種無法說服的堅持，質地堅硬如石，敲擊的時候會有擦傷的恐懼。

葛奴乙，每一日，要穿越那些或高或低吶喊的聲音，都疼痛極了。

龐大的聲音互相對話著，他們像兩座企圖爭執的岸，時間之河滔滔從中湍逝而過，沒有人可以倖免於難。就算，大家心裡都知道一些可供迴避的什麼，卻還不捨得承認、退讓，或者僅僅給出一些善意的聆聽。

我想，這一輩子我都無法像你一樣擁有一個超級靈敏的鼻子，可以分辨、重新調配整個世界的味道。並且，你從未患過類似感冒、花粉熱或是亞熱帶島嶼特有的過敏性鼻炎；不用空氣濾淨機也不會在起床後猛打一百個噴嚏，讓那些飛散的過敏原緊緊跟隨著像神祕的跟蹤者，尾隨在情緒急性發炎、身體散發出腐朽無助的片刻。我不僅沒有那樣優秀的鼻子，也沒有聰慧眼睛，沒有精算大腦，沒有藝術手指，沒有足夠矯健的雙腿，可以如一隻奔跑於林中的鹿，隨著濕綠苔痕，去到一方幽靜水澤或者適合居住的森林。

儘管這個島嶼早已臭不堪聞。

惡臭，早就存在了。我所居住的狹長縱谷的起點，製紙工廠趁著夜半以為天地都已睡去，便暗中施放各種廢氣。工廠本身像一個巨大的穢亂孔洞，日以繼夜排洩出紙渣污泥；同時，沾染著不知多少化學原料的廢氣則向上發射，滿溢天空與陸地，聞起來像積累陳年的阿摩尼亞基調，這些帶有金屬感的氣味，更以極薄、極無恥的方式鑽進我緊閉的門縫。親愛的葛奴乙，我多希望如同你一樣，在戰亂未竟之時，隻身避開乞食與偷生的臉孔，匿躲在無人的火山口，只有孤獨將你穿戴整齊，不必忍受這樣不具體的惡意，這些你未曾經歷的後工業革命。

如果我能擁有一只能解釋的鼻子，可以告訴我哪幾種毒素正在進行，一切會不會使我更為認命，並認清從來都是氣味選擇我們？

當你輕身穿梭過整個巴黎的擁擠屍臭與馬革製體，離開傾圮於塞納河中的香水店，在火山口獨自獃上七年，又前往香水萃取產地，以香氣邂逅二十五位荳蔻少女，我仍獃在氣體攻擊中，無處可去。但親愛的葛奴乙，在同一天第四次的廢氣攻擊後，我憤然決定打電話去環保局（一種你未曾聽說過的新玩意）抗議，接通電話的那頭，是一個刻痕很深的女聲，她謹慎有禮地道歉，並表示一定會向上級反應狀況；他們會試圖去查舉事實，且盡可能地要求善後與回應。

一切顯得無效與可笑，我知道許多相關團體與此地長期住民已經抗議多年，他們的身體靜靜忍受著莫須有的傷害，鼻子變得惡質了，因為不再能嗅聞到正確的空氣，化學劑的重複蒸解會如何使他們的靈魂變形，不是言語可以形容，也不是文字可以修飾的。然而，紙漿製廠的惡行卻在龐大政治機器的掩護下，自詡為「溪畔的文化傳遞者」——難道，此地最值得珍傳的就是惡臭及其相關？

我們畢竟無法拒絕呼吸。

葛奴乙，你的一七三八年，還沒有這樣可憎的制度運轉，沒有疲軟無力的應答模式。（或者有？這黏膩濃稠的人際應對是世襲而來的，一代傳給一代？）我不是不明白哪，我知道那位「客服人員」只能擁有一種答案，她在被配給的位置上，以即時但不有效的方式解決來自四面八方的憤怒。她也是被制度所劫持的一員，有一把強迫的刀刺在她身後威脅（或許她不自知？），葛奴乙，我的身後也有這樣的刀，但你沒有。你寧願像株安靜的草壓彎了身體，還堅持要開遍一個山坡。你的存在就是革命，關上耳朵不傾聽，關上鼻子不嗅聞，關上房門一個人靜靜自體循環，你的不吶喊革了無數貪婪者的命。哪怕你也私下延伸自體的欲望：迴避的欲望，親近的欲望，這一切都仍在你掌握之中。我不免懷疑，你的卑微種種其實只是策略，為了要壯大你真實的欲望，等待最後致命美妙的一擊。我也不免猜想，如果諸多巧合的發生，都只因為你的欲望體系與世人不同，故事最後的爆炸點，是否也暗示著你逃不過命運的召喚？

親愛的葛奴乙，我們都不得已要遵循制度。不管是有形的外在箝制，或是無形的時間軌跡。在制度裡面有人被犧牲，有人變透明，在制度裡面是否屬於人性溫暖美好的一面其實消失了?就像一個在冰冷的郊區住宅區裡，看過太多複製的建材，突然羨慕起一些可以靠近、允許出錯的人情味，而那是否也正是你所想要的體味?

這些日子以來，我與這塊島嶼上的人們，一起度過了冷淡與激情。總感覺有些什麼在暗地裡沸騰，關於已發生的相信或崩滅。如果那時你製造完淫亂，離開了奧爾良，並未走回巴黎，而是來到我所居住的小島，竄進你鼻中的會是什麼?不是熱油裡枯萎的水仙花香氣，不是浸泡染料木和橙花的香氣，也沒有玫瑰花海包圍整個小鎮。此地擁有密度較高的人群，城鄉不那麼明顯的差距，如果你要拜訪我的縱谷，或許你選擇的交通工具是直達火車，車上會有一種煤油低低燃燒的焦味，混著鐵路便當與嬰兒哭聲，冷氣夠強的午後，陽光會些微改變車廂的體溫，一罐喝了一半的冰茶祕密地增添一點涼意。或許你鄰座所攤開的報紙逸散出油墨味，也透露了眾聲喧嘩。那麼，當你身處其中，也會忽然讀懂了頭條新聞裡面的訊息?有些真相永遠不會到來，幾種爭執永遠不會止息，只有火車兀自拉長了鐵軌，來往於沒有扞格的站與站，默默穿越這片高溫的土地。

親愛的葛奴乙，謝謝你最後殉道了。

有時我也不免懷疑，是否我們真需要一個愛欲領袖?他發號司令，統整好勝的部隊，要打造思想的烏何有之鄉，我身邊的眾人也願意愛慕地振臂高呼，給出忠誠奉獻，像有一道神祕的光在撫摸他們疲憊庸俗的肉身。來自每一個統治者的聲音都是那麼美妙，充滿權力誘惑，還可以幾經包裝，像葛奴乙你終於提煉而成的少女香水，具備性與感性。那些少女，你愛的終究不是她們的身體，而是那香味所能賦予的清新。就像統治者，愛的也不是人民，而是權力能賦予的虛名。

葛奴乙，我也該告訴我的鄰人，我們應獻身於自己所深深信仰與深深懷疑的一切，給惡臭街井間的人們一次淋漓的降生。

當你打開瓶蓋，把少女香水兜頭淋下、遍灑全身，我們的島還在緩慢無形的陷落途中。天氣隨同地球改變，不知道將怎麼改寫眾生的臉。時至今日，我們甚至欠缺一個真正適合撕裂跟咀嚼的對象體，比方你，要是能有這樣一個可供欲望的，我們便願意放心卸下所有偽裝，撕去道德標籤，身不由己但心滿意足地大口吃肉、飽足酣甜。然後睨著眼互望鄰人，像你出生地鐵店街那裡的眾多鄰人，舔舔嘴巴、眨眨眼睛——我們衷心盼望這樣的時刻到來之際，可以如同那些幸運而不自知的選民：「他們忍不住微笑，自豪極了，有生以來第一次，因為愛，他們做了某件事。」

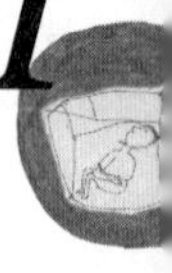

1 牙齒細節

每當我咀嚼，我總想起許多細節。那是因為齒的堅硬，它必須絕不留情去對抗食物的部分。咀嚼的方式有許多種，牙齒祕密地透露著性格。我該想起最遙遠的時期嗎？如同一棵樹在嬰兒的牙床上茁壯。我的牙床長出許多樹，長出刀刃。牙齒教我自願或非自願地攻擊，同時在攻擊的時候發現自我的原始，知道我曾是一隻獸，我與我的牙齒保留了多少遠古人類的習慣？

只是，他們一定不會擁有牙刷。

就像我記得的，少數屬於牙齒的幾件事之一：就讀國小時的某一天，我穿著白色制服上衣、藍色短褲，日常固定的課程之間被安排前往學校中走廊旁一間陰暗黝深長方形會議室。一到六個年級裡，每個年級的忠、孝、仁、愛、信班分別派來的代表們，已經乖乖坐好，等著看我帶領示範刷牙的小組人員如何表演。我拉開白板上的圖畫，那一顆顆看起來好孤單的獨立存在椎狀體：門齒、犬齒、前臼齒、臼齒，然後開始熟練地背誦老師教我的刷牙口訣。我們白上衣藍短褲刷牙大隊，一字排開，都咧開了嘴，露出已換過的乳牙，缺陷的牙床上長出新的武器，然後我也拿起手中的牙刷，刷刷刷，上刷刷，下刷刷，就這樣刷了起來。漱口、吐水。

用來切割、撕碎、磨爛食物的牙齒，是我們身上最堅硬的信仰嗎？我們必須耗費心力，緊緊保護這樣的堅固，否則就會過度柔軟地暴露？

牙齒免不了開始蛀舊的時候，總不由得想起諸多老掉牙的譬喻。空洞人生無奈地被鏽蝕與折磨，如同人我糾葛間不能迴避的一些什麼。然後，所有牙醫都像扮演癖那樣，成為一個令人髮指的角色，小孩啼哭，冰冷機器無情鑽縫，診所內白花花燈光化為一個無情場域，青森，恐怖。巷子口轉彎處的那間牙科，猥瑣地蹲擠在鞋店和瓦斯行的中央，門口水窪終年都等著濺起的剎那。有一段時間，我不敢看他們的窗，屋內那些臉龐，都昭示著疼痛的必然，那種等待被治療的表情使人感到難受。好像他們要張口，接受命運的注射，穿刺，填補，成為一個自己並不想成為的人。

因此，每當牙隱隱作疼，總是一拖再拖，直到所有腐朽的破綻都敗露了，止忍不住那無情的輕虐待，終於願意前去。

牙疼是第一種自己造成的痛嗎？像一段佚失感情般令人悵惘？以為可以好好照顧它，但一切終究成為無效？我想起那篇關於「牙齒」的小說，一個男孩企圖將另一個男孩從記憶裡拔除，然後黑夜裡，他熄滅的燈，像一顆牙床上被拔掉的牙齒。那麼聳然。

1

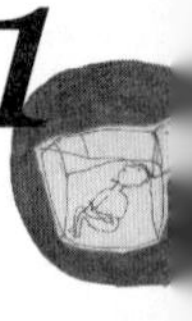

牙齒總有自己的主張。

有好些年，狠下心不管牙齒。每天刷牙，但不過問它。我常想，身體上有許許多多細節是一直陪伴著我們的，比方牙齒，或者腳。但它們恆常在一個看不見的地方，因此被冷落，彷彿不那麼有功用，不是那麼具體、實在。當它的存在感發生時，多半也已是毀壞的預言。我們究竟是怎樣放任自己去承受這些一再一再的敗跡呢？

又或者偶有甜蜜的覬覦。我的朋友長久以來，無法與他的戀人在光天化日下手牽手，他們的牙刷也始終不能在黑夜裡親密地聚首。偶然一次機會，他們前往山裡的溫泉旅館，過了一夜，天亮醒來，打算清理自己的牙齒時，忽然看見那肩靠肩的雙色牙刷並排著，溫和的曲線彷彿一對久別重逢的愛侶，他激動地落下眼淚。聽見他轉述時我亦覺得無比心酸，這一樁牙刷傻事，像擱在窗台上的雪，漸漸融濕我的眼。

當我們的牙刷，輕輕舞過恆齒，也算是見過永恆嗎？或者所有痴昧不捨的心情，其實不過是終究要汰換的乳牙，禁不起時間的叩問？生活的前進術，是要不斷氟化，增加保護膜，讓齒髓腔外頭的象牙質得到救援，免於一次又一次酸甜的競技？牙齒是書，上面寫滿稍縱即逝的滋味，吻的輕重，被遺忘的承諾。

多年後，城市裡突然生出許多美麗的牙醫診所。

我的牙，在漸漸失守的邊緣，不定期的疼痛，以及自我唾棄的沉淪循環中，終於決定要為牙齒來一次裝修。童年的記憶傷痕仍然鮮明，牙科診所裡的無面目人群像是等待招魂的紙人，如何適當地麻木又不顯得任人宰割？尋覓多時後，終於找到一間鳥語花香的牙科。中年溫柔的牙醫師在等候室裡養了一隻亮色的鸚鵡，備有各式書報，水聲潺潺，空氣清新。雖然每次總要等候許久——我總得長途跋涉，繞過城市外緣，終於才抵達那裡，但總有滿滿的人，他們各自聽著音樂，看著無聲電視，或者與鸚鵡對望良久。

畢竟看牙不是SPA療程，不能以時計算，偶爾因為病情的深淺，要調配不同的治療時間。牙醫師從口罩後頭露出眉毛眼睛，他仔細地找出痛點，迅速將口腔麻醉，我在一絲苦味裡面漸漸無動於衷，只感受到一種樂器般的敲打，有人在我的嘴裡大興土木、挖城池、蓋堡壘，然而一切又好像與我無關。

看牙的過程裡，自己被自己切割，在無感中靜靜爬起身，像靈魂抽身俯瞰一般，仰望著醫療的過程。偶爾甚至別眼望向窗外，感覺有車水馬龍在街道上羅織新的故事，有其他正在此時與我並行，這敲打，令肉體變得機械。

為了製造新的牙齒，牙醫師還必須反覆地辨認牙床的尺寸、牙齒的位置。護士拿出一種冰冷而柔軟的粉紅色與薄荷綠黏土，要我輕輕咬住。我啣著它、咬死。留下的齒模將運送到工廠裡，讓人工的牙齒被建造，然後可以移植，像挑掉一個版面上的錯字。

在不同的看診與複診中，我總算漸漸讓牙齒「站得住腳」了。

1

擁有強壯的牙齒，好像也更能理直氣壯地面對食物，和人生。能夠大口吃肉大口飲酒，雖然並不是正牌的遊牧民族，卻也活得更為自在一些。我常詭異地想起小時候那個刷刷刷的動作，陰暗黝深長方形會議室在記憶倉儲中變為一個可復返的靜景，那些五官模糊的各班代表們，已經乖乖坐好，黑暗正在吃他們的臉，等著看我帶領示範刷牙的小組人員如何表演。有時我也懷疑，那一顆顆看起來好孤單的獨立存在椎狀體：門齒、犬齒、前臼齒、臼齒，竟是私我個體縮寫的隱藏檔嗎？無止盡的刷洗，僅只是衛生習慣的養成，或是習慣一事將在無可預算的人生中，左右自己多深？

辛苦而混亂地看牙醫的那段週期中，我飽受著牙齒殘缺的痛苦，然而當事過境遷，卻發現痛苦是不易被記憶的。使用牙齒是如此自然，張開嘴巴就能咀嚼無礙，又怎會輕易想起曾經有一個空缺使食物塞陷？我們多麼嫻熟於遺忘，在痛的現場被搬離後，立刻可以動身往下一站，並丟棄所有細節與細節裡曾經想要深深記住的備忘。

幾年之後的一次機會裡，因為搬遷到不同的城市，幾乎已經無法再詳述與抱怨所有看牙的過程，不再疼痛、失去存在提醒的片刻，我與朋友在餐廳裡共啖港式美食，一桌子黏糯熱燙，炸春捲、鹹水餃，一個熟軟、咬空的瞬間，有一道霹靂遙遠地穿越腦的褶層，抵達我的牙齒。那牙齒，像一個有了自我意志的誰，堅持逃離它所厭惡的我。彷佛可以藉著極慢的停格描繪出它在口舌間翻轉踏空的一剎，那接近於某一種厭惡的成長啟蒙點，足以今我飽漲地想起所有已遺忘的，與牙齒共依共存的時刻。

人工牙齒就這樣掉落。

不得已，只好再度在城市中尋覓另一處安心的診所，又展開不定期拜訪，像是與醫生談一場自尊卑微的戀愛般，把自己脫卸到無以復加的程度。

齒更是恥。當我在治療椅上躺臥下來，眼睛遇見直擊的照射燈不得不閉上，牙醫便拿著工具在我舌間攪和，他彷彿一個知曉年輪與密碼的人，看透了我寫在齒間的祕密。

牙齒曾經哭泣嗎？它是否也靜靜承受著來自身體的情緒？我無法抗拒必須獻出我的赤裸履歷，讓醫生從我不曾示人的一處單刀直入，這曾經藏匿已久的武器們也已經漸漸站成一塊塊荒塚裡的碑。我想像多年之後，有一顆我的牙在地層裡被挖掘，它會不會背叛我，去說出我的感情？

每一顆牙都是獨一無二的製品，或許，就當作是寫給未來的一封降書，承認我曾在迷途人生中，以痛的方式被拔除，或者，這樣被痛提醒過。

1 福耳朵

記憶中童年有過那樣一個午後，在家中灰撲暗沉秋香色系的客廳裡，光線老被阻絕在外似地。厚實方正的辦公桌旁，閒來無事，奶奶抱著我，長繭的手指撫摸著我童稚柔幼的髮，然後輕輕摩挲著我的耳朵。那時，我仍是輕軟的直髮、掌心尚未寫滿迷惑複雜的河圖，我的耳垂，像一滴厚厚的淚，奶奶說：「你是個好命的孩子。」

不管是不是真的，奶奶的話，總像是一句祝福。

那時，我慣愛膩在大人身邊，聽他們敘說自己的世界。大人總是很放心我，他們知道我是一個沉默的孩子，不會帶走或轉述這些祕密。爸爸的祕密。媽媽的祕密。奶奶的祕密。姑姑的祕密。我愛這樣被默默地允許，好像藉著語言踏入一個未知的世界——我想，我真是個好命的孩子，並且，我其實完全不介入那些祕密。這樣的參與，與隔離，是一種安全的幸福。

漸漸長大的途中，我的耳朵一直很安全。沒有太多暴力言語進入，也沒有太多雜音會左右我的心智。生活乾淨蒼白，像一件反覆洗褪了色的老制服。晾乾又穿上，髒了就洗，然後循環。唯一一次危險時刻，是我調皮，使喚不聽。爸爸要我幫忙去洗衣店拿個東西，我不理，自顧自玩弄著鉛筆盒裡身高不一的鉛筆。於是，在一個來不及理解的狀況下，一個猛然向我飛來的算盤，甩中了我的左耳。從那時開始，我擁有一點小小的左耳失聰，不是很嚴重，有時候聲音進入時會像被吸住的磁鐵，不能準確地敲中我的耳膜。我沒有怨怪父親。我知道，我仍是個好命的孩子，這只是一次意外。

國中開始住宿之後，每天熄燈，便躲進棉被裡偷聽隨身聽，耳朵像是可以接受外界的祕密隧道，讓各種聲音通過、進駐。那時候的生活和身體都很瘦，小說裡讀見「我只要蜂蜜和尼采就可以過活」深深感到豔羨；我以為我要的不過也就是一杯廉價的咖啡和深夜廣播節目。聽素昧平生的主持人用極好的聲嗓在看不見的空間裡，經營、複製、描繪他的生活，他身邊還有看不見的工作人員，聽眾深夜送達的消夜，那一切有別於厭煩的中學生涯的。甚至也開始與同學一起虛擬出一個不存在的角色，用不存在去寫信給不存在。

然後，深夜躲避教官，躲進被裡，戴上耳機，調好頻道，被子的縫隙可以看見窗外隱約搖動的鳳凰木樹影。一則又一則地屏息膩聽主持人是否剛好挑選到自己的信？他相信了我們虛構的人生嗎？他將用他柔情的聲音逐一唸出我們捏造的故事嗎？在不能超越的制式生活裡，唯有這僅有的一點虛構可以救贖。（是以多年後當看見日本電影裡，有人藉由深夜廣播節目的聽眾明信片表達祕密隱忍的愛意，那一式一樣的青春粒子遙遠地擊中了我，明明是一齣不喜歡的電影，卻還是不得不移情地想起所有已消逝的青澀過往，就像一葉飄墜無言的桃花心木。）

我如此深信我有一只幸運的耳朵，可以陪伴我度過慘綠歲月。我也喜歡聲音與耳朵的互換，宿舍每一間房間裡擠著十二個男孩，來自島嶼各處，帶著各自的生活習慣，改變茁壯中的聲腔，每一種聲音都像是一種自我介紹，身世多重。我學習聆聽他者，讓那些漸漸滲透我，改變我，填滿我。然而，我還剩下什麼？有一類純粹不變的原料，是不被改變的嗎？

□

朋友曾問過我一個問題：失去視力和失去聽力，害怕哪一項？

我思考許久，最後坦承：什麼也不想失去。眼睛的世界那樣可喜，聽見的聲音卻更像一種心靈的共振，閉上眼睛也能讓情節自己呼應。我不能放棄兩者，也不願被兩者放棄。

亦曾經想要編織一個故事，形容戀人的相遇是為了耳朵。我相信一只美好的耳朵像花瓣般訴說，超越了語言可以承擔的。戀物者的耽溺密語可以在其中重複操演，讓相遇的漩渦如同耳蝸的旋，攪拌、淹沒……

耳朵上那滴厚厚的淚，也會忍不住在愛戀來臨時刻滴落嗎？年紀更長，我不確定我的耳朵是否真為我帶來福氣，偶爾揉搓耳垂，是否已違背命運？無從得知。但耳朵真是神祕，我已經更為習慣傾聽。傾聽朋友所要訴與我的，試著用靈魂翻譯，聲音裡也躲著一些情緒嗎？

往往也是深夜，電話鈴聲倏地響起，我從自己的範圍裡起身，接聽電話。話筒那頭傳來不同朋友的不同心情或事件。言語的丟擲是不確實的，於是試圖整理彼此，讓困頓在矛盾的身體可以沿著虛線離開。

我們真的聽懂了他人？在片段的話語中所要組織排列的，究竟是哪些心情？有時極幸運的，找到一些眉目，讓挫折開花，微妙無用，舌頭安眠，隱約來了一些突破，因此很開心，謝謝彼此的陪伴。有時極不巧的，困獸失去翅膀，左右都很為難，憂鬱下雨，天氣大壞，電話裡過渡著沉默的水紋，一圈圈泛開、又泛開，最後草草收線，情緒仍像堵住的下水道，獨自醞釀著負面的字眼。

聆聽是可擴大的。如同一無意中探身試探的雙人舞步，偶爾在聆聽的攻防戰裡，彷彿也存在著理解的企圖和無能為力。就像朋友丟來的隻字片語，肢解後的情感微末，要如何透過聆聽使拼圖完整，還原情意的源頭，還能夠體貼撫慰，適時建議？在說話的雙方，只是讓話語變成固體，又或者，寧願話語也能夠變成梯子，一階一階，通往另一座盛開的樓閣？

傾訴與聆聽都是契機，如果一個閃神，錯失某一關鍵語，是否就會在兩者之間，墜入一個自己也無解的迷渦？或乾脆讓龐大的命運的手，輕輕摩挲著彼此的耳朵，像誰早就說過的什麼預言一樣，等著驗收結果，我們因為甘願，就能從此學會降伏？

我仍堅信我有一只福耳朵。

當我顛簸行走於世界不同的縫隙中，我可以前進後退地聽見來自各處的聲音。無時不聽。收線之後，房間裡只剩下自己面對方才與朋友通話中的泡沫，它們仍像前往巡訪暗礁的船桅，在黑夜中不肯罷手。語言是高明的表演者，唯有透過它，劇碼可以進行。但表演本身也會令人迷眩目盲，不那麼能確定此刻與當下，是否真實。夜裡失眠時刻，暗中，也聽得見時鐘指針移動像漸漸推近的質移。耳朵該要學會分類嗎？讓情緒的顏色擁有各自的調色盤，讓聲音有它的路標，可以循靠，去到它想去的地方。

□

偶爾也會想起記憶中那個童年的午後，安靜的客廳裡，方形電視機也沉默著沒有歌唱；然後奶奶的手，摩挲著我的耳，那微刺的觸感，就像是時間遞來的指紋，在我的耳朵上進行小小的確認。

有時我也會不自禁地想起自己的耳朵，它仍擁有被祝福的質地嗎？

前不久，我返家，彷彿已經老去卻又元氣十足的奶奶，親膩地坐在我身邊問我人生前途的種種課題，那些我老是答不出來也無意抵達的目標、方向、可能。對話像飄搖的小舟行駛在晴日之海，懶洋洋。

奶奶邊聊，邊吃完了半個橘子，然後在我不注意時，突然又伸手撫摸了我的耳朵，熟悉的藹的微微刺痛襲來，慢慢地，欲言又止地——她像在思考著什麼，沉默了好一會兒，然後終於笑著說：「哎喲，你的耳朵變薄了。」

1 臉

1

幾張老照片落了一地。

照片凝住時間與孩童的臉。一張一張，我蹲在地上，用指尖撥開，專心閱讀起來。照片裡每一張都是我。是穿著紅馬車紋飾白襯衫、藍短褲，足蹬咖啡色短靴的我。是擁抱著充氣兔寶寶，齊肩並坐在家中餅色老沙發上的我。是披上企鵝短絨外套，安靜默坐在公園鐵條椅上的我。是攀著南方某度假樂園一隅，與幾隻其實塗漆簡陋的堆疊鴨嘴獸合影的我……

我逐一讀著照片裡自己的臉，約莫三到五歲的年紀，已經懂得使用簡單話語表達意志，但不足以陳述思想，或者，無所謂思想。不知為什麼，每一張照片裡被捕捉下來的臉，都不是笑，那神情彷彿在思考著什麼（而非取悅著什麼）——世界不在此地，在一個無可名狀的他處。

臉像一個容器，裝滿了字句。

如果使這些字句擁有邏輯，它們會透露出什麼？

拾起散落的照片，我想起，在盲目匆促失序的生活裡，偶爾我穿越人群與城市裡濛熱的廢氣，會突梯感覺到臉的存在。臉的觸感。臉的表情。臉的意見。臉是可拆卸與可重組的嗎？我如何正確地使用與清理臉龐，使它在安全無虞的狀況下，正確健康地存在著？

偶爾在沐浴時，我卸下十歲那年開始配戴的眼鏡，雙手沾染洗面乳與水緩緩搓揉生出泡沫，雙手觸摸額頭眼窩鼻頭雙頰，惶惶未知的空檔，以失焦但近距離逼視仍能模糊辨認的鏡中的自己，我看見一張臉。

一種奇異遲緩的感覺漸漸萌生，像一株晚熟的植物在我體內發芽。那臉，是一張相當陌生的臉。就像偶然被迫在額滿的電梯裡，無可回身地必須直視身旁或高或低的臉：中年男人微微發白的鬢髮、粉領貴族精緻的彩妝與髮型、快遞先生狼狽的安全帽或連身雨衣……相同的窘迫與違和感，我花費好一些時間，低頭沖去臉上的泡沫，望著鏡中每天陪伴自己的眼睛耳朵鼻子嘴巴，令人恐懼的陌生如此龐大擴展，我可以看見，但無法辨認它。

如果有一層薄膜可以撕去，我其實也好想否認，在五感衰頹、五官無可避免往老朽方向行去的肉體，其實不等同於內在之我？我能否舉行一個證明儀式，訴願眾人，我體內有一個徘徊許久的靈魂，像躋身在方格裡的樹椏，它其實一直都綠意盎然，接受欲望的澆灌，承受時間的壓擠，但不承諾為任何目標物改變。

1

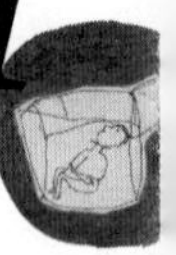

那個靈魂方物，從我無意間再度凝視的童年相片開始，在意識的原點，早已經任性地選擇好自己的顏色與形狀，它冷眼又頑強地看著我隻身旅行的世界、遭遇的人事、享用的食色，彷彿不存在般被經驗、被穿越，但其實它一直都在那裡深深地看著。

是它在記憶、情緒、感覺，而不是我的身體、五官、臉。

但我要如何才能獲得那種能力，看見比臉更深的自己，與它對話？

世界不在此地，在一個無可名狀的他處。

臉也是。

2

當每一次快門捕獲了臉，臉的歧義性就產生。每一張臉都只負責一種轉運。

快樂的臉。憂傷的臉。幸福的臉。微慍的臉。跌倒的臉。渴望的臉。豁達的臉。剩餘的臉。隱藏的臉。過度的臉。結束的臉。中間的臉。黑夜的臉。液狀的臉。

每一張臉都像削薄的時間。

臉在超越。臉在遺棄。臉在客觀。臉在書寫。臉在流動。臉在試圖。臉在允許。臉在交涉。臉在維持。臉在建設。臉在對摺。

每一片時間都接待了一張臉。

3

有時候也漸漸覺得，腳，是我的另一張臉。

小時候每到秋天，空氣中揚起一股飽熟的稻穀滋味，彷彿整個世界都變成一張金黃色的紙，風在緩緩爬梳，寫幾行無人讀懂的字，屬於童年的蒼白與苦悶，而我的腳，便開始因為皮膚與衣褲的磨擦，刮出深深淺淺的紅斑。總是，從一種緋聞般的桃紅，漸層地拓深成長長短短的暗色版圖。每年總有幾回，爸媽必須驅車載我前往熟識的，有著一張鬍子臉的鄉下偏方醫生那裡，領購一款神祕的乳白色外敷藥，然後，像是得到了救命仙丹一樣，心滿意足地回家。

為了擁有一雙美麗的腳，懶散的我用心殷勤地擦拭，衷心期盼自己也能改頭換面，擺脫秋天的咒詛。然而，我懷疑其實那藥是敷在心上的，只能安慰一顆愚騃的童稚心靈，因為每每，必須等到秋收之後，稻子被秋陽蒸熟，農稼工作告一段落，空氣中不再飄送著那股令人悵惘怔忡的氣味；我的腳，才會在一個平凡無預警的冬日剎那，不藥而癒。

後來，我長大了。

不知道是因為自己或這世界體質的改變，我竟擺脫了多年來的惡夢。秋天到來，除了感受涼意與青春的流逝速度外，腳上的紅斑也已缺席許久，偶爾在異鄉聞見類似曬穀的味道，在未有心理準備的瞬間，竟也微微鼻酸，像遇見一個同穿膠質雨鞋長大的青梅竹馬，彼此都明瞭對方私密底細。

近來，不知因何緣故，腳上的紅斑又有復發的趨勢，好像一把未燼的火，在我體表的荒原上燃草，每一沫星星火種，都能灼燒出一小塊醜陋領土，那就像是沉睡惡靈如今終於睡醒，發了狠要來尋仇。於是我只能束手無策地，看著自己的腳無助陷落在一種攻防戰中。皮膚像一層敏感的試紙，哪怕輕輕一道指痕，都會出現令人沮喪的留言。

每遇到必須穿著短褲的時段，我總是多心地接收來自他人目光，彷彿迎面而來的注視都降落在我的腳，我的另一張臉。那是一種怎樣的照面呢？若是我夠仔細專心，便能將自己梳洗乾淨整齊，小心翼翼不讓任何氣味逸出，影響兩人以上互動時所引發的尷尬，或者，至少不讓敘事情調發生。

但一雙腳，讓我無所遁形。

他們注視的眼睛，像是在問：這雙腳發生了什麼故事？是誰使我的腳傷心嗎？腳上的紅斑是過敏？蚊咬？抓痕？車禍？無數的問號伴隨著一份有意的試探距離，在我的腳上駐足，鑄成另一道隱形的傷口。

而我多疑的自尊心，輾轉小心地沉默了。那豈不是，就像我以眼神詢問道途相逢的陌生男女，他們她們的臉上皺紋，是否轉述了多年前的風霜雪雨？每每，我自顧自想像為劇情引導荒唐走向，了無新意地指向所有制式可能的人生題材，最後，終於草率地下了定論。

然而，他們她們真正的心底，又是如何去定義自己的臉？

4

我們擁有一張可以自行訴說與告白的臉嗎？

如果臉也有臉，定義還獲得它的正義嗎？

5

不得不想到柏格曼的電影，《假面》（*Persona, 1966*）。

一名優秀的女演員在舞台上演出時，因為不可解的原因，突然想笑，怔忡了數秒。事後，她向眾人道歉，承認自己半途出神。次日起，她決定不再與任何人說話，並拒絕所有演出。女演員被送到醫院，精神醫師為她找來一個護士，並建議她們一起到海邊別墅去度假休養。

在海邊的歲月，她們相處相當愉快，護士總是說呀說的，把自己的感覺、過往，都說給女演員聽；她們陪伴、微笑、飲酒，讓淡淡的情愫發酵。然而，只有訴說沒有回應的單向傾吐是寂寞了些，護士終於忍不住暗中偷看了女演員寫給精神醫師的信件，意外發現女演員對她一廂情願、自以為是的理解，於是護士幾近歇斯底里地，要逼女演員開口說話。兩人為此發生爆裂。

魔術的片刻來臨了——銀幕上，柏格曼把她們兩人的臉，瞬間疊合，護士彷彿與女演員互為儡偶，她說著沉默的女演員心裡真正想說的話。

為什麼是女「演員」？一個終身扮演、虛實難分的身分，突然在舞台上見識了一種無可迴避的假，因此，拒絕再說出虛構對白。在那個瞬間，她所質疑的，應該是「生活的意義」吧？當然她背負著許多往事，她的家庭與愛情，甚至是電視新聞裡播報的歷史、暴動、屠殺，都構成她精神上的威脅。她選擇沉默，或許是因為真實對白還沒寫好。

為什麼是「護士」？身處看似「正常」、「秩序」的「醫療系統」，在不可抗拒的人生機緣裡，因為一特定時空，或是命運所編派的「角色」，使她忽然有機會面對赤裸自我，原本軌道上運轉如常的秩序因而崩解了。

我們看見護士與女演員在海邊，開心地閱讀、讓陽光淋下來，生活的感覺大於生活的意義。因此，女演員感覺安定，她正豐盛地領受生活所賜予的，而沉默的力量也開始展現：她什麼都不說，因此什麼都不會錯。她甚至可以重拾劇本，去試著反攻自己曾受困的舊地。

但護士卻因為對方的沉默，漸漸陷入不斷流出的話語之中。喋喋不休的語言，像被「繁殖」出來的嶄新世界，在那個世界裡，護士坦露了自己曾與陌生男孩做愛，不小心懷孕的傷心舊事。那種「繁殖的殞落」令她悲傷，她所說出的話語因為沒有可供降落的母土，旋開旋落，更令她感到焦慮。因此，在夜夢或不可知的真實裡，女演員才會在夜半進到她的房間，貼近她，與她在鏡中疊合，像孿生的肉身、像姊妹、像戀人，或是互補的自我。

故事離奇地進展到性別的「荒原」與「禁地」。

假面，**Persona**，可解釋成「小說或戲劇中的人物、角色」或「人們面對大眾或他人時，表現出來的相異人格特質」。

臉是什麼？當臉可以被扮演、隱喻般延伸，是否眼神、四肢、內臟也都參與了遊戲？語言、記憶、光影，都是被觀看的表情，看與被看的永恆探戈，閉上雙眼仍然要看，或者，仍無法拒絕不看。

只是，我們怎麼知道當女演員以為自己脫離了舞台，卻不是被精神醫師放進另一個表演場域？當護士試圖釐清自己的內心情意結，卻又怎麼知道，自己不過是更換不同的面具，去搭配不同的對白，其實都是為了逃避內裡那個可以真正去愛的部分？

表演從來都在，就像臉也總是存在於我們的臉上。

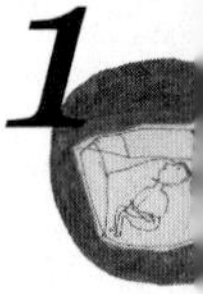

我羨慕柏格曼可以那樣冷靜地挑選情節，讓女性情誼翻轉、翻譯，質問生活與生命之間不能回答的某些命題，卻又巧妙地把戲劇的虛實與電影感覺串聯，讓問題擴大，使觀者自問自答。也許，真實就在某些不可告人的情節中，或者，在我們如何誠實面對自我的過程裡。

電影的最後，膠卷脫序奔開，敘事軸線脫軌，「假面」沒有落幕，護士轉身搭上巴士，彷彿還要去另一個他方繼續演出。我們會不會終其一生，也無法走下非自設的劇碼，不肯幕落？

但也可能，只是站立原地，在那如命運般響起的關鍵時刻，面臨被生命沛然的荒謬搔得發笑的一秒，便慷慨地笑出聲來。

讓臉笑出聲來。臉在耕耘。臉在噴射。臉在進行。臉在設法。臉在困境。臉在距離。臉在全體。讓臉笑出聲來。遊戲的臉。事實的臉。指針的臉。相對的臉。格式的臉。下降的臉。塗黑的臉。

2

夜暗之後才孵生的

有些什麼，是在夜暗之後才孵生的。

如果，也包括彼時，家裡那台手拉式捲門的大同電視，沈雁在小小螢幕裡唱著，天上星星數不清，個個都是我的夢。心串串心蹦蹦臉兒紅，都是為了你。你大臉上所頂著的妹妹頭，出自姑姑的手。每天都要進行的生字練習簿，新學的單字像陌生的獸，漸漸在格子裡溫馴、認命，就像生活中有一些不完全明瞭的，個體與團體之間的互動，絲連著正在壯大的心靈。同時，每天都必須去報到的國民小學，那裡有一個圓環狀動物園，飼養三種完全不相干的動物：白兔、斑鳩、烏龜，以及放學回家前，你習慣性地買一支四元炸得酥黃的長方形黑輪用來消磨回到家前所必須踩踏的八百六十七步。這一切都太規律，就像每天早上起床後，母親已為你準備好的白上衣與藍短褲，一杯置放在圓桌中央的牛奶。

唯一用來作為簡易出軌替代，乃至夢想易開罐之類的願望，應該就是每個禮拜一的晚上，用耐斯洗髮粉洗過頭，偷偷拿媽媽的資生堂酒紅蜂蜜香皂洗過澡，那座性徵還未發育的童稚身體，像大人手上牽著的氫氣球，輕飄飄卻又無比喜悅地，想要抵達那個可觸碰的，正在遠方發光旋轉的，蛋。

畢竟你住的鄉村裡有山，但不是壯巍的山，山的背脊顯出溫柔的線條，靜靜承載著每一次的日出。你住的鄉村裡有河，但不是澎湃入海的大河，細細涓流著像平坦的傾訴，甚且也匯集了沿途工廠鏽黃的心事。這窮極無聊、平淡無事的日復一日，如一卷緩慢播放的紀錄片，使人呵欠連連。

因此，那隔你五條街的距離、兀自發光旋轉的蛋的存在，彷彿是南方夏日小鎮週期性嘉年華，每當星期一晚上，夜間新聞播送完畢，你便佯裝乖巧地坐在那頂已凹陷的沙發上，等著大人，隨便一個什麼大人，忙完了你仍不明瞭的忙碌，吆喝著你，一起前往、出發。

你可以清楚地指認出風吹過鼻子的潮濕或乾燥，或偶爾張望瓦片屋的素面牆上以油漆字塗寫的反共復國保密防諜標語。那一年，你還沒有跨過戒嚴的線，這座島嶼也沒有。你的手牽住大人的手，另一隻手也許握著妹妹的手，這樣一個屬於家庭的魔術時刻，歡樂的，不特別為了什麼而出發的，不征服也不怔忡，一切都是那麼愜意而微笑的，等待紅燈轉綠，經過一個傳統市場。有時神明生日，便會有戲班子搭棚演出的，那些俗麗的服裝和草野的燈光，昏黃地在黑暗裡綻放。

你們再往前行，經過你深愛的魯麵店，那種南部傳統將麵或米粉，和上太白粉加水與海鮮，經熊熊大火快煮而成的湯食。很快地，你們就將要抵達。

蛋的紋路從單調的街道被扮裝開始，細殼上飾有皸裂的河圖。你還沒有仔細想過，存在本身與其背後所衍生的幾種意義。那些形上字語或將在人生思考裡糾纏的，還沒有發生。於是你看見簡單的快樂。在入口迎接的，是一輛總在旋轉的娃娃車。車上有松鼠老虎海豚這些海洋陸地生物，牠們一高一低地起伏著，孩子們爭著坐上去，感受短暫波浪式的快感。而你的眼光，落在隔壁一攤鹹酸甜的身上。你貪心地看著擺放在豔綠色燈光下的漬芭樂、紫蘇梅、甜梅、蜜棗，暗示同行的大人可以為你購買一些。那一年，你在金錢的使用上，還沒有被賦予權力，然而這並無損於快樂本身。你們再往下走，穿越蛋膜，經過生活雜貨、五金商品，經過一些遊戲，也經過一些交易。手上漸漸多了一些提袋，多半是紅白相間的，甚不環保的塑膠提袋，但被方便地使用著，裝起一些你的盼望：並不實用的玩具，或如鵪鶉蛋之類小巧的零嘴。

穿越蛋殼，迎面走來的並非豪華馬戲班，沒有吞劍走索，沒有眼角垂掛淚珠的小丑。你的島嶼如此慣常經營一種雖不精緻但具備生命力的存在模式，你手中沒有什麼更具韌度的想像，只是開心地走著，接受種種瑣碎事物的給予：你跟隨著其他的人一樣玩一種丟擲的遊戲，把一個個小木圈，丟進地面上秩序井然的各種瓷偶身上，就可以獲得那個不在你預料之中的獎賞。

你跟隨其他的人一樣蹲下來，揚起你的妹妹頭大臉，拿著薄紙糊成的撈網，撈著矮池裡一塘黑、紅兩色的金魚，你從來沒有真正掌握撈取的力道，有一些類似愛情的東西就這樣自沾濕、破裂的空網中溜開，那是你最初感受到有些事情越用力越無力的瞬間。

你跟隨其他人一樣坐下來，拿起一把塑膠尺，將一列乖巧無辜的玻璃彈珠筆直地刷開，等候它落進你所期望的彈道之中，那是一種小規模的賭，你會漸漸明白，那樣的賭，即將無所不在，而人生都不在自己預期的彈道之中。

你經過那些叫賣，經過那些燈泡，想像白天時蛋的模樣。

屬於蛋的魔術時刻，會在幾點鐘消失？

夜的流質如蜜，你在空氣中伸手觸摸，像蛋白一樣的液態張力，包裹住喧嘩與熱鬧。更有一些額外的神祕氣息，會在燈光簇擁的街底，靜靜展開。那通常已經是蛋的底部了。你看見漸漸黯寂下來的空氣中，遠方草芒掩映著的空地上，沸騰地圍著一群人。那裡彷彿有另一場需另購門票的嘉年華。牽著你的手的大人，以及被你牽著手的妹妹，也抱持著好奇，往高溫的人群中貼近。

你太矮，只能從人影的夾縫中瞥見，一輛箱型車打開了後車箱，車旁掛起一面大大的紅布簾，上面以金箔紙貼著幾個你已經學過的生字。亮晃晃的燈泡下，一個豐滿的女人露出了碩大的乳房，並用誇張的動作忘情舞蹈著。在她旁邊，男主持人手握麥克風，操道地的閩南語介紹著世界上最有用的祕方藥材。

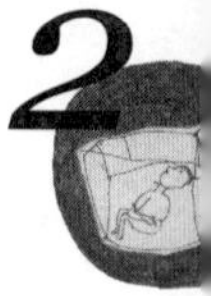

在一首勁歌熱舞之後，大人把你們帶離了蛋。

踅了一圈，晚上的風有些涼，回到眼熟的街，一回頭，蛋孔倏忽閉上。你不死心地再往回望，蒲島太郎的迷煙乍現，白茫茫瀰漫中，你彷佛看見記憶的把戲露了餡。

為什麼你一直偏執地認為，那顆奇幻而令人著迷的蛋，只存在於南方小鎮的這條長街呢？當後來你離家前往異鄉念書，赫然發現，一模一樣的蛋其實存在於各個不同的他方，甚至更龐大、更壯觀。

島嶼在你離開家鄉的那年解嚴了，革命在遠方發生，你的身體抽長、性徵出現，有一些簡單相信的，忽忽破滅。牽你的手出發的大人之中，有人意外地死去。你忽然想哭。你多麼害怕當有一天，回頭獨自輕輕剝落蛋殼上的時間紋路，不得不承認：一切原來只是那樣尋常。

如果有些什麼，必須是在夜暗之後才孵生的。蛋或者你。你可以嘗試反覆摺疊自己，在蛋的羊水裡持續漂浮；或者，你也可以從蛋殼裡輕巧探出頭來，與我一起原地踏步。

我的家族旅行

年的氣味，彷彿從貼上新春聯的那一刻開始。

總是，我和妹妹搬來了瘦高的鋁梯，合力撕掉舊的一年，貼上新的。望著沾了舊塵的紅紙，緩緩飄落在地面上，好像真的有送舊的氛圍在發生。到了貼春聯的階段，家裡通常已經完成了大掃除的工作。而同時，午後的廚房必定忙得不可開交，各種必須事先準備好的食物、果類、白米、乾貨，為了恭送各種不同的神，也為了祭拜祖先。三炷香後，空氣中開始飄散著銀紙燃燒的味道，火燄似乎在慶祝與訴說，一年的終結。

我在桌上擺滿碗筷，除夕夜，就這樣靜靜地來了。以奶奶為首的大人團隊，和以我為首的小孩團隊，分別坐滿兩個圓。沒有例外地，端上桌來的，會是下午拜拜時所料理好的雞鴨魚肉，和一盤黝綠濕軟的長年菜。

不似兒時對於過年的期待與興奮，當年紀越來越大以後，年的味道，嚐在嘴裡像長年菜，已經冷了，舌尖上仍有一股靠攏的溫馨。這時，酒足飯飽之際，已近中年的長輩們輪流貢獻兒時記憶，年紀越來越大的孩子們則交換彼此的手機遊戲，然後，就會有人問起：

2

「明天，要去哪裡玩啊？」

沒有意外的話，大年初一，就是家族旅行的好日子。三輛車或四輛車，載著與我相同血源的親人們，在晴雨無阻的大年初一出發，是家裡最具代表性的過年儀式。選擇前往的據點，多半是可以一天來回的南台灣地區某風景名勝，某觀光水庫，某靈驗廟宇，某山林小徑，某主題樂園——反正，重點在於過程，而非目的地。

沒有意外的話，一定會有人遲到。遲到的人還沒來，已聚集的十幾個人坐在客廳裡，穿戴整齊，嗑瓜子吃糖果看電視，喜氣洋洋地閒聊，並且抽空打電話催促。好不容易都到齊了，爸爸和叔叔們便攤開腦子裡的備忘錄，研討一下路線，確定將停留的景點，分配各座車的人數，然後，一前一後地上路出發。在手機還未普遍的年代，為了防止半途走失，叔叔甚至相當專業地準備了火腿族所用的對講機，讓車子與車子之間以「呼叫、呼叫」和「Over, Over」作為聯繫。於是，時不時就會聽到「呼叫，呼叫，三號車被紅燈擋住了，Over!」或是「呼叫一號車，四號車有人要求路邊停靠買甘蔗！Over!」之類的空中傳話。

沒有意外的話，不管是高速公路或是偏僻的鄉間小路，都會充塞著綿延數里的車隊，常讓我誤以為所有的人都決定在這一天離開自己的家，所有的車都被迫開上了路面，然後他們都必須前往別無選擇的風景區，度過新年。南台灣的小鎮在車窗外變換，大年初一的陽光還帶著冬意，與一點春暖。一年一年地經過，我們在時間的公路上途中下車，交換一些水果與問候。

沒有意外的話，一群浩浩蕩蕩的人，就這樣走進可以午餐和晚餐的地方。店家們要不就休息，要不就客滿，用餐這件事變得異常困難。然而，沒有意外的話，「我的家族旅行」樂此不疲：儘管我一直夢想著可以發明一頓創意年夜飯，但是除夕夜裡，還是得有人負責把拜拜的東西都吃完；儘管我一直希望家族旅行的地圖可以更遼闊一些，但始終無法真正離開南台灣。

直到那年，我在屏東萬金當兵，家人們決定把該次旅行的路線訂定為「萬巒豬腳之旅」。逛過紅龍果園，吃完香馥的豬腳大餐，爸爸和叔叔們把車開到萬金鄉具有百年歷史的天主堂，大夥兒在樹下休息、閒話家常。弟弟們拿出籃球玩了起來，叔叔拿出一台遙控車，興致勃勃地操縱著。再過一些時間，我就要收假回到營隊中。天色漸漸蒼茫，我和家人們道別，轉過身，獨自走過風中的樟樹群，走向憲兵站崗的大門口。

是那個轉身的瞬間，我忽然明白：也許，年夜飯的意義並不在於料理，而是那兩桌血緣的圓，不間斷的旋轉與流傳；而家族旅行的意義也不在於風景，只是趁著機會，讓平常浪遊在外的字，能夠組成一首韻母相同的詩。

2

抽屜裡的雲

好像，總是透過聲音。

這些年，我在小島上東奔西跑，念書、當兵，幾乎繞了一個圈。只是，無論我身在何處，或者午后，或者深夜，總會接到媽媽不定時打來的電話，從島嶼西方，像一條長長的線將我拴住，問候、關心，有時伴雜著幾句嘮叨。我總以為自己是風箏，在長長的迎風之後，透過媽媽的敘述，家裡瑣碎的舊事、人生，一件一件，一吋一吋，把我拉回現實。

每每，我在賃居的公寓裡，邊望著窗外開闊的花東縱谷，幾片無所事事停靠在山頭的雲朵，邊聽著媽媽的說話，格外感覺到時光的蒙太奇。

我想起當自己只有十二歲，那個收拾包袱準備到學校去寄宿的黃昏，微暗的光線和媽媽的眼神我還記得。她其實不放心，孩子還那麼小，要如何離鄉背井？我其實不擔心，當成參加兒童育樂營一般，想像中很有趣。後來，想家的時候，我也不願意說，獨自爬到學校裡最高的一棟樓，看村莊的遠處，天色漸漸暗去，心裡調配著幾款輕愁。

我在每個星期三的晚上，穿越幽黑的學校走廊，打電話報平安。那時，教室的燈都熄了，綠色框架的玻璃窗，折射過來教室另一側的路燈，總覺得世界如同光影般失真。整個中學生涯，那些星期三的夜晚，像是一個分號，預告著週末返家的雀躍。電話那頭，媽媽不外乎關心我的身體，功課進度，生活狀況。不要跟別人起衝突，要好好用功念書，錢不夠用要說之類的。一直講到我的銅板沒了，就掛上電話。然後，我又一個人穿越黝靜的長廊，回宿舍。

上了大學以後，常因社團或朋友的聚會，深夜未歸。回到宿舍窄窄的桌前，總有室友代為留下的訊息：「媽媽來電！請速回。」好幾張黃色的立可貼紙微微地掀起，在檯燈的照射下，像振翅欲飛的蝶。夜已深沉，無法回電，隔天往往又有新的事情忙，我把媽媽給忘在桌上了。

不再有固定星期三的電話之約，媽媽是怎樣的心情呢？有時回來得早，室友笑著指指那群黃色蝴蝶，要我快撥電話回家，我拎著外套，走下宿舍，穿越一地的相思子花，碎落的粉黃花瓣，要去尋一隻空的公用電話。山傍的校園總有潮潮的水氣，我的青春的苦悶鯁在喉裡，該如何說出那些愛的迷亂還有價值觀的崩毀與違建？那些壓抑住的情緒，媽媽知道嗎？回家的時候，我總像無事人一般，讓瀑布在心裡穿流。那時，我多麼嚮往天空。我知道媽媽與家人的存在是踏實的母土，不會龜裂、綻痕。我於是放心地離開。

媽媽卻偷偷地老了。

其實並非全然是肉身的頹老，但是，我總不經意看見她漸漸有些駝的背脊，手背上不太明顯的斑紋——那是放風箏的手哪，我真怕我會被迫斷線、飛遠。

我想要承認我其實非常在乎那些電話時光，哪怕只是短暫的沉默，關心的話語一再重複倒帶，電話卡的額度下降，直到最底、最底，終於，被吐了出來，有些話只說了一半。

我終究沒有承認。

只是在當兵的時候，努力利用少數殘餘的私人時間，在繁躁苦悶的營區裡，義無反顧地排很長的隊，打電話、報平安。我彷佛又回到了那些個星期三晚上的小男生，被困在一個有形的世界裡，哪裡都不能去。等待電話的時候我總想起許多事。撥回家裡的電話，有時無人接聽，但媽媽已有了自己的手機。我總是記不得爸爸的號碼，就撥媽媽的，跟她閒聊幾句話，然後又安心地回到我的囚籠。對於我大大小小的抱怨，媽媽常輕巧地撥開，語尾帶著溫柔安慰，一年十個月竟也就這樣過去了。

媽媽陪著我的許多個日子，也這樣地過去了。

退伍的時候，媽媽買了一隻手機給我當作禮物，或者祝福。或許，她根本已經看透我的飄浪的宿命，決定給我一個有效的聯絡方式？

生命與宿命。就像有時我不免想像，如果媽媽褪去媽媽的角色，她會不會更快樂？會有一個截然不同的人生嗎？媽媽說，她年輕的時候，因為家境欠佳的緣故，半工半讀。有一次，廠裡變更規定，差點丟了念書的機會，她於是向那個大學剛畢業未久的廠長掙取，「你自己也知道讀書的好處，為什麼不給我們這個機會呢？」廠長被說服了，媽媽得以繼續半工半讀。

那些往事，每當我們經過紡織廠舊址，爸媽就會述說一遍。

所謂從前，何止滄海桑田？

如果命運的河道也能自己選擇蜿蜒的方向，故事還會相同嗎？總覺得媽媽過往的人生，被記憶在一個制式的抽屜裡，當我拉開抽屜，想要好好清點寶貝與祕笈，找出一、兩個她的小學同窗，問出一首她愛的歌，或者搆一點她的青春殘沫，卻只是徒然。那些泛舊的歷史，被藏到哪裡去了呢？

我好焦急地問，被藏到哪裡去了呢？

沒有回音。

抽屜裡，還有一些媽媽看待這個世界的規則，她細心摺疊起來的我和妹妹的傻事，她所珍重的幾種不能或缺的生活價值。抽屜裡，有時，竟也飄來幾片路過的雲。我想，我不能任意取出抽屜裡舊有的事項，但我可以偷偷放入一些新的。

我忽然明白：或許，我不是隨時可能斷線的風箏，我是抽屜裡的雲，在島的身上四處漫遊，穿越山脈河流大地森林建築道路與人群，穿越時間裡不同斷層的自己，忽忽感應到

2

有一道與我相關的訊息正在祕密發聲。

我低頭蒐索抽屜裡的各個角落，發現我的手機響了。

指誰？

時間留在我身上的踏痕，我已悉數忘記。唯有翻閱老照片時，還可以嘗試追憶，把方框中的線索抽剝，重新編織。

照片鎖住了已逝的七〇年代，正要跨進八〇年代，一個中產家庭的尋常假日午後。由於仍是那樣幼小懵懂，照片裡的一切我已印象模糊。

母親說：是逢友園。那是我們飲用水的庫房，阿公店湖濱樂園的前身，成立於民國六十四年，面積約三十公頃，本來是美軍度假別墅。

照片裡的母親是那麼年輕——二十五歲？甚至比我現在的年齡還小。

我喜歡這張照片裡的隨機，沒有誰特別意識到這一秒將成為定格，風在山林邊緩慢拂動，像母親洋裝的裙襬。母親沒有望著鏡頭，反而注視著我，大概怕我一不小心得意忘形跌倒。

而我，正開始學習辨認世界。看見不遠處有人拿起相機，想要捕捉一些什麼，我發現我認得他——他是分明在場、卻未在照片中出席的父親。

2

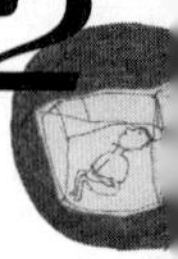

我的健壯的童年，父親母親，每到假日，總是帶領我和稍後來到的妹妹們，一處一處走訪台灣各處景點。在第一輛箱形車尚未駛入我家之前，我想像那樣一個午後，他們駕著一台偉士牌，翻過小崗山的山麓地帶，穿越翠竹林立的丘陵。

當父親把鏡頭對準了我，與他年輕的妻，他看見的不是風景。我們是他的風景。

我喜歡我用手指向父親的那一剎那，那麼歡欣，好像也辨認出自己。

二樓浴室

老家二樓的浴室在記憶中，原本是一條透得進陽光的長廊。舊舊的，灰撲撲，或許還帶著一點張愛玲的上海老公寓質感，在童年的午後顯影。

後來拆了。

水泥把陽光密密地縫起來。留下一小面窗。浴室裡從此水煙蒸騰，像一個霧氣瀰漫的祕密，把家人們的身體包住。每天，我們花費或多或少的時間，在那裡清洗自己。各種不同品牌的沐浴用品排排站，每次使用，像液體的日曆。

我們經過，我們長大，我們記憶，我們遺忘。

但浴室裡的水氣還是漫遊，貼住私密的肉身，貼住抽長的年歲，貼住窗外走來的陽光。偶爾浴室裡會晾著泳衣，偶爾則晾著奶奶的內衣，兩種不同的花色對比，垂掛在幽暗的光線裡，水滴下來，慢慢地，或者並不被看見。偶爾要手洗的衣服浸在一個小盆子裡，各種顏色像言語，你一句我一句的對話、交談，漸漸被水聲掩蓋了。要送交洗衣機的衣服放在另一側的籃子裡，總是很亂。

2

浴室自己是怎麼想的呢？作為一個公共的空間，被眾人需要，但不被單單一個誰擁有，很像一種寂寞的愛情。窗旁的帘子是水藍的條紋，雲在帘子上轉彎，時間經過了，水藍色也靜靜地轉彎，沒發出什麼特殊的聲音。

甚至也沒有人在浴室裡唱歌。

奶奶的房間緊臨著浴室，有時洗完澡，過量的水便溢到她的房間。那種十分安靜的滲透，我想，就像浴室想說又不知怎麼說出口的祕密，沒有人聽見。

老房子

我不知道該不該為它慶祝，它擁有與我一樣的年歲，家裡的老房子。它是那麼理所當然地存在著，就像記憶中一條無須辯證、理所當然的回家的路。

從現存僅有的老相簿裡看來的幾幀留影：稻埕上的婚禮，三合院的屋脊，黑白色調的曾經。後來隨著家族分枝散葉，西式透天厝取代三合院蓋在舊址之上，與我同齡的老房子便是這樣來的。

老房子也有屬於它的慶典嗎？家裡的孩子陸續長大，照片從黑白變為彩色，童年照片裡，一個圓蛋糕有人正吹熄蠟燭，像吹熄時間。倏忽三十年。老房子經過幾次或大或小的修整，從小時候拿鐵盆盛水曝曬於午後的陽光，到現今的瓦斯熱水器；從老舊的塑製軟皮木椅，到現在的白色皮製長方形沙發；從我一疊一落的綠格稿紙，到現在的兩台連結著網路的桌上型電腦；從青春期離家的我，到如今尷尬地住在不合時宜的身體與異鄉，偶爾回家便要被迫接收希冀我快快成家立業的教養條款……這一些，都不能像幻燈片播放，只需一個按轉手勢，就可以回到最初。

回不去。老房子也一樣。它從年輕的歲月開始，靜靜旁觀這個家。我們以油漆粉刷它，拿電鑽鑿穿整修它，為它裝上新的器官，挪移五臟的位置，我們吞吞吐吐、進進出出。許多家人，漸漸像飄離的蒲公英，飛散、降落在新的腹土，只有老房子仍站在原地，靜靜等候每一次春天到來之前，家人以年節的理由來舉行慶祝。時間在結束與開始之間，沒有銜接的焊痕，像一個祕密循環良好的圓。春節，可以就當是老房子的週年慶典嗎？畢竟只有在年夜飯時，家族裡的所有人，無一例外，會回歸、群聚在老房子裡吃喝。

我喜歡那個時刻：一年又別無選擇地接近了尾聲，但我們不帶感傷，以團圓作為舊歲的送別，總是家人們三三兩兩、前門後門地出現，帶著數聲招呼與熟悉的溫暖，一起加入年夜飯準備工作。誰又胖了一些？誰又高了一些？晚上吃些什麼？今年還會拿出骰子來賭一賭明年的運氣嗎？

心情的胖瘦，天氣的運氣，老房子都看在眼裡。這麼些年來，我突然發現，可以無有改變地，在年夜飯這天，與家人齊聚一堂，進行著一些不怎麼特別的互動，甚至也不拿出心事交換——然而我們的血液那麼融洽，比語言還真實，像是可以被驗證的一些什麼。這種不變，原來是幸福的。

只是今年，我們因故搬遷到鎮上他處的新房子居住。爸爸決定在新房子裡用年夜飯。除夕這天，我們回老房子張貼春聯、祭拜祖先，熟悉的光線溫度氣味，空氣中漫揚著的，是慣常的行程。唯一不同的是，等一切就緒後，大家便要準備回新房子了。黃昏靠近，天色漸灰，鄰厝已經傳來煎煮炒炸的香。我轉身環顧屋子裡的一切，靜景無聲，客廳裡餐桌上樓梯間衛浴室，這閉著眼睛也能摸透的一切，它們將籠罩在黑暗中，無人現身。

老房子在屬於它一年一度的慶祝這天，只獲得了沉默。

趁著離開之前，好像還有一點時間，我於是決定拿起拖把，再好好將地板拖過一回。一遍又一遍地拖著地板，擰乾、換水，又拖過一遍。薄薄的灰塵被剝離了，地板露出舊有的潔亮。感傷是從何而來呢？這是我和老房子的祕密週年慶，畢竟它與我同齡，體內藏有相同的年輪。我亦像是清潔著自己。回不去。那也只好接住改變的事物，往下一程繼續走去。

終於，我拖完了地，按熄了燈。家人們已經在新房子準備好一桌年夜飯。

夜裡，當新歲翩翩來臨，我隻身躺在簇新床褥上，枕下藏著壓歲錢，嗅聞屋裡尚未熟悉的陌生氣息，不禁想像：老房子也會忍不住在夜裡嘆息嗎？

鞭炮聲無預警地在街上燦爛徹響。

閉上雙眼，空氣中只有無以名狀的冰冷。

愛麗絲夢遊仙境

3

因為幫雜誌社撰寫一篇人物採訪稿，我來到了天母；因為接受採訪的，是大學時代教授現代小說的老師，我彷彿也回到了昔時的自己。

站在街頭，望著中山北路依然的綠意，想起那年我只有十八歲，初訪天母，也是這樣迎接的綠，空氣稀釋著雨後的清新。我大口大口呼吸，感受天母特有的異國情調，像一方時光裡自願的租借地，青春無憂，或許是一個空閒的午後，從學校出發，經過我們慣走的捷徑，旋繞一個圈養著天鵝的池塘，轉過芝山岩，便來到了天母。時間的濾鏡一層層為街道上色，挑選景點，凝聚故事——

天母北路摩斯漢堡，窄窄的正方形座位坐進去，點一杯木莓奶昔，也可以複習東京具透明感的街景。中山北路吃吃看，薄層底鑲有消化餅起士派，好小心裝成一盒帶走。天母西路麥當勞，約人碰面絕佳位置，旁邊的金石堂書店，那年我們為了金馬影展捱更抵夜，排隊買票。天母東路廣田洋果子，小巧奶油泡芙足以幸福一個下午。更多的景點豆般自我掌心撒開：洋蔥，魯蛋，**Haggen Dazz**，京兆尹，方家小館，綠野仙蹤，誠品中山店，神戶牛排，大葉高島屋，以及後來終於開張的STARBUCKS，每一家店都隱瞞著一個故事，故事裡有不同的人聲笑語，有甜與苦的紋路刮著記憶的老唱盤，唱出那年那時鍾愛的歌。

日光透過了樹影，歌聲也顯得綠；若是微風夜晚，電光石火與城市擦肩的剎那，必是帶著點點酒意的。然而，當此刻我站立街頭，說不上是什麼原因，總覺得這條街老了一些？

老師和我約在G&G，她準時地出現了，依然是緩慢優雅，雖然她的文字除了溫柔深邃，也有橫眉冷對的英氣，我時常因為她對這個世界的解釋感到著迷。午後四點，我們閒聊著她一路走來的創作歷程、閱讀習慣，未來的計畫。咖啡館外的天色漸暗，車流湧現，我們結束訪談後，天已黑了。

「你往哪裡走，我載你一程？」老師親切地問我。我說，等會兒就跟大學時代的朋友約在天母見面、敘舊。

「那，你趕時間嗎？」老師想了想，又問：「如果不趕時間，可不可以陪我去買一本書？」

我開心地答應了。坐上老師的車，她熟練地駕駛著，我專注地看著車上幾枚松果，車子轉進忠誠路，來到誠品書店。我請老師稍等，然後我幫她上樓去買到她要的童書：《愛麗絲夢遊仙境》。抱著那一大冊厚厚的夢遊歷險，我微笑將書交給老師，與她道別。然後，

3

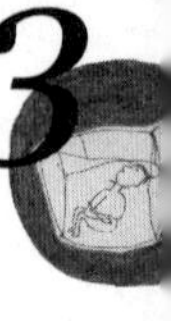

我漫步在欒樹淡黃色的花朵之下，竟感覺整條街道彷彿溶化成交會的光亮河流，流進我眼中。我的眼裡，倏地閃現了淚意——究竟，是因為這個城市沒有固定去角質，還是我被左心房的滄桑覆蓋了雙眼？

我閉上眼睛，決心掉進時光洞口，收好泛舊懷錶，開始我的另一場，愛麗絲夢遊仙境。

擦拭途中

暗夜一人，我面對電腦螢幕上正進行到一半的傳記，一場關乎命運輾轉、人事坎坷的旅程，忽然有不能忍抑的悲傷，兩道熱淚，自我眼眶攀越而出。

眼淚像是有了自己的意志，不受拘管，一發不可收拾。我伸手抽出一張置放於電腦旁的面紙，將它輕輕壓在眼眶下，想阻止眼淚的逃獄。然而更多的淚水，像暗中約定好的革命者，洶湧爆發。我的眼淚，無比柔軟又無比迅速地，沾濕了手上的紙巾。我忍不住站起身來，想要緩和一下情緒，小小套房裡電腦桌旁就是一方流理台，我以雙手支撐著自己的重量，眼淚如同遠方運來的瀑布，止遏不住的傾瀉。我不由得又伸手抽出另一張紙巾，是放在流理台旁的另一盒面紙。我仰起頭，讓自己抽離書寫情緒，暫時不去想：是我透過傳記的形式，讓故事裡的人，再活一次，再死一次。

是誰賦予我這樣的權力？

眼淚在紙巾上綻放無言的花。我將擦拭過的面紙，丟進紙簍裡，初綻的花朵瞬間凋謝，我才發現，光是這個小小的房間，我就放了三個面紙盒，難道，生命的發生與逝滅，總必須不斷的濡濕、沾塵？

3

放下鍵盤上的書寫，我想起，由於一種很難解釋的習癖，自己總是隨身攜帶著面紙與濕紙巾。因此，當出門在外，多所不便的時候，我的面紙和濕巾，總可以派上用場。打噴嚏，洗手間，擦拭桌椅，吃東西，流汗，擦臉。我們的身體不斷製造出各種不同的液體，然後，我們的手便必須忙於擦拭。除非逼不得已，我無法忍受自己不使用面紙，去拭掉不應該的多餘。

那麼，如此耽執於擦拭後的潔淨感受，是一種什麼心態？有時我甚至懷疑，是我的靈魂髒了，所以才生出許多想像的斑點，而我不過是徒勞地擦拭著並不存在的塵埃。

擦拭途中，也會有突然心虛的片刻。

就像我此時正在進行的傳記書寫，一個患了先天血友病的版畫家，卻又在後天醫療製品的疏失中，因施打未加熱完全的凝血製劑而感染愛滋病死去。我書寫著他的童年，編織著他的成長，理解著一名藝術家對於愛與美的渴望；但是，當那些預料之外的情節，闖進我的雙眼，我的文字，可以像一張濕巾一樣，輕輕拭去他命運裡意外的錯字嗎？當人生分內的歧途，像掌紋般命定地畫開，我事後的書寫，可以像一張柔軟的面紙，擦去他臉頰上，忍不住滑落的無助嗎？

想了又想，暗夜一人，我突然不哭了。

或許，存在本身就是不斷被擦拭的過程，所以我們會漸漸老去、死亡，總有一天，終於還原成一個空格。

但是，曾經活過的名字，隱隱約約，還被記憶，還看得見。

3

愛上超級市場

我愛超級市場。

馬德里的太陽門附近，一間連鎖百貨英國宮，呆板雜亂的陳設無甚新意，我倒喜歡逛入它的地下層，一行一列閒逛附設的超級市場。看看他們的熟食、瓜果、調味料、飲品酒類、餅乾雜貨，連衛生紙、沐浴乳都不放過。想像人們從四面八方走來，路過的旅人、各種年齡的西班牙男女，從這裡購買生活的細節與必需。

九龍半島的尖沙咀，廣東道旁沿著維多利亞港灣橫亙幾條街的海港城，連鎖超市city super，橄欖綠的招牌那麼鮮亮，世界各地運來的什貨與精品，被包裝、轉運、陳列，光潔乖巧地站在木架上。我想像前一夜在蘭桂坊錯身的外國人，街上時髦有型的上班族，他們生活在這奪目炫人的東方之珠，或許也打算添購一些什麼，甚至是借來的異國感，使他們夾身在摩天高樓中，不至於感覺天空與星辰即將坍塌。

東京的上北澤。井然有序的夏日街巷，一間農產品直營的大型超市就立在地鐵站旁側。產地直送的各色蔬果與乳品，在明亮燈光與冷氣充足的賣場裡，就像美好生活用來隔音與防震的形而上泡棉。偶爾有雙頰緋紅的國小孩童們放學了，經過鞦韆與向日葵，進來買一瓶金褐色的蘋果汁。主婦們開心地找到洗濯的法寶，老太太獨自推著推車，購買一人份的米。

我愛超級市場。當城市彼此模仿、複製，生活充滿疲軟味覺，旅行基因蠢蠢欲動卻又無法真正離開時，我選擇在城中幾間超級市場裡，複習旅途中曾發生的光影——拿起架上瘦長的無糖紅茶輕聲唸出它的乳名；幾款和風泡麵快速地讓異鄉雪夜旅館的空氣即時可食；各式的乾果雜糧脆餅好像也重現了往西班牙南方列車的愉悅記憶；啊這一種沐浴乳的味道跟某間飯店裡的一模一樣。

記憶是那麼地物質，聲色氣味寫在我的身體，也謄錄在開放式列架上。穿梭其中：這一站是塞維亞，下一站是小樽，偶爾還有馬六甲的酸辣出來佐味。超級市場是最迅速的登機證，帶領我脫離所有捆綁的具體，這一櫃是二〇〇〇，那一區是一九九七，二〇〇二年阿姆斯特丹機場買的巧克力，原來這裡也有供應。

我愛超級市場。它是旅行時不經意丟落、因此可以循線尋回的小石子註記，是過去的自己為了某一種幸福的預感，隱藏在未來，等待被呼喚的回音。

青春質問

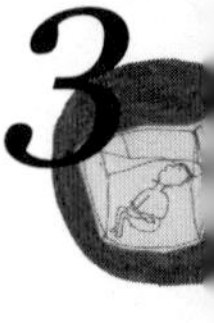

沿街逛開，一條白日隱形的夜市，像仿冒的黃金鍊子，鑲飾在夜的肩上。修鞋店、米糕、麵食舖子，我的腳步停在水果攤前。春夏之交，市場上開始有誘人的青綠色脆梅販售。但水果攤上沒有尚未加工的無印良品，倒是多了漬染後，一缽缽顏色各異的水果名模。漾著瘦青色，看起來慘淡如少年的是芒果青，一粒粒剖腹後夾著一截烏梅黑的是聖女番茄，其他還有近似銘黃色的芒果、未成年的荔枝、漬得有些妖豔的脆桃、充滿心機的綠芭樂。我望向其中一盤，看似渣滓狀貌的不知名果肉，詢問年邁的老闆娘，「這是梅子嗎？」

老闆娘咧出鑲銀的牙，帶著閩南腔國語回答我：「那個是李子啦。木、子、李。」怕我聽成「梨子」，我知道。

「那，為什麼要把它弄得爛爛的？」我秉持著好奇的精神：「是為了取出果核嗎？」

「不是啦，這個李子很酸呢，要把它先弄碎，讓那個汁流出來，加一點梅子粉和白糖，這樣才會好吃。」

哦，我露出恍然大悟的神情，她也鬆了一口氣，像是通過水果臨檢測驗的滿分表情。我買了一袋，碎碎的三十元的爛李子，回家在冰箱冰過，然後迫不及待要品嚐一下它的味道。

然而，當那浸潤過後的李子的果骸，終於與我的舌尖相遇，那一剎那粗糙又莽撞的氣味猛然襲來，不得不說：其實，是很接近於青春的啊。

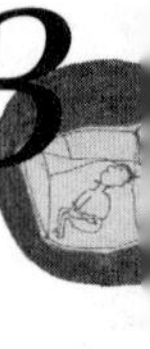

3

潮水跨年

一年將盡，朋友來了電話，說是想離開滿是人潮的城市，到花蓮來找我。花蓮，就像是某種樂土的借義，靜靜座落在山脈與海洋之間。每當朋友來，能夠帶他們去的景點不外乎是山海經，這裡沒有時尚的照鏡，更遑論科技生活。於是，我前往機場接載朋友，即將興建完成的航廈，座落在空軍基地旁側，像一枚蓄勢待發的太空塔，而後方沿著廣袤的機場腹地延伸開來的，便是七星潭。

初次聽見七星潭的名字，大家總會有些意外，畢竟映入眼簾的，並不是幾個綿延的湖泊，而是海洋：是冰冷透明、隨時接受陽光試探而改變體質與顏色的浩瀚大海，是體內流動著迅捷的黑潮就像一條湧動的血脈般的太平洋。

要前往七星潭，最好在陽光豐沛的午後，沿著華西路直開到底，經過氣象台和右岸的美崙工業區，一個俯衝先是綠意滿滿的一方草原，然後遇見海。海，就在矮隘的人家村落間，透過一條曲徑遙遙指著，眼光隨之飄遠，便看見萬頃波濤，埋伏在晴朗的中央山脈之下，由於它們貼得那麼近，看起來，就像一對不同族裔的戀人。

彎過廟宇與村莊，隨即有幾株鯉魚飄隨風蕩蕩。其下，是新建成的柴魚博物館，再往前，陽光被浪花折射成一蕊又一蕊針細的韻腳，在晴藍的海面上靜謐如詩。通常有風，挾帶著來自山谷的消息，與海面蒸氣相遇、醞釀、對話。幾塊被鋪整起來供給遊客歇腳與玩水的細石灘，就獨自在潮來潮往間，敲擊出一種特殊的歌音。

然而那不是我們的去處，我們要去的，比一排迎接飛機的探照燈光更遠，也比神祕的輻射放射區更遠，彎繞過曼波魚場，在甚具漁村風味的警局旁轉一個九十度，直通到底的平坦大路像是要直直駛入海平面。

我與朋友用過晚餐，在咖啡館裡喝了咖啡，聊一聊彼此都在忙些什麼。忙些什麼呢？生活的素材很難改變，誰都逃不過時間。時間在流逝，天光轉暗，話題閒常。一年將盡了，一些應景的感傷也來湊數，朋友點燃新買的菸，菸燃燒著畫面，我想起我們初相識的光景，那時真的好年輕，所謂未來尚未成形，甚至只是一種用以假設的概念，哪裡會想到我們如今竟會坐在彼此的異鄉裡碰面？

時間接近午夜，咖啡館老闆娘好心來詢問：待會去哪裡倒數呀？

真有那條稱之為時間的線，可以讓我們象徵性地跨越嗎？我們相視一笑，朋友或許就是為了逃離城市裡太多的倒數，才選擇來到此地，彼此能夠對坐聊聊，已經很有回顧前塵的意涵。於是，在新的一年還沒有正式抵達之前，我們又再度開車繞過花蓮市，往北方前進，經過幾座必須的橋，繞過微突的美崙山坡，穿越黑暗中亮晶晶的水泥工廠，到達七星潭。

3

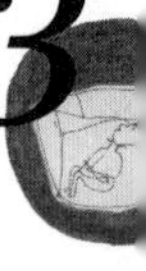

黑暗之中，白日可見的風景都被掩去了。依稀彷彿的屋瓦在身後退去，一大片一大片的黑撲過來，搖下車窗，可以聽見潮聲。潮聲像夜晚的安眠曲，唱給沉睡的山巒。我們又沿著曲線，像盲著眼前進的風，抵達午後曾經陽光明媚的斜坡處。車燈筆直地指向海浪，一波又一波永不厭煩的白色的浪像耐心的裁縫師，不斷地縫補著岸與海洋的罅隙。我們往石灘上走去，試圖在黑暗中辨識，我輕聲告訴朋友：左邊最遠處就是清水斷崖，右邊突出的岸頭之後就是花蓮港。

這些風景都可以在飛機起飛的瞬間被指認。然而此刻我們手無寸鐵，只能任由黑暗與潮水一遍遍襲來。

我們席地而坐。再過一會兒，就是新的一年。

躺臥下來，可以看見大片的雲歡快飛奔；望著遠方，也許是船隻的燈火在緩慢移動，我們都沒有帶錶，無法預知時間的方位。只是淡淡地聊著，彼此覺得這些年來，最大的改變。掐指一算，我們竟已相識十年。

然後，沒有預警地，遠遠近近綻放出一朵又一朵的煙火，煙火在朋友臉上變換著不同的顏色，新的一年就這樣盛開了，我笑著向朋友說，新年快樂。我們交換了新年的心願，忽然發現腳邊淹漲的潮水正在跨越，新舊之間，潮水總在試圖跨越那條時間的線。

靈魂片段

我必須坦承，自己正在經歷一種特屬於春天的躁熱。

什麼事情都像在騷動似的，從整個花東縱谷的起點開始，我花很長的時間望著遠方的海，偶爾是乳藍偶爾是蔚藍偶爾是灰，知道有幾種不同族譜的樹已經換葉，舊的顏色凋落，肉身汰換，無人過問，我也叫不出他們的名字。把時間像拉鍊一樣拉開，不同種族的人們和不同口味的吃食店和諧地並列著，幾條慣走的路都可以經過已下檔的油菜花田，我轉進縱谷裡的南下車道，山脈把我夾成餡，但音樂帶著我離開。夜裡去慢跑的時候，有狗吠與人語跟隨，我貪戀地望向雨後的朗空，星星帶著水氣飽滿，像一行逼不得已的眼淚。

靈魂渴望集中，卻只有幾個不成篇的片段。

就這樣，感受著春天穿越了身體，在體內，哪怕野火燎原，也是一個人的戰爭。夜裡，好不容易睡去了，我的髮，如同無法停止的質問，暗中抽長——我到底能捕捉什麼呢？在有限的空間拘留裡，透過這些捕捉，又能拼湊出什麼？

過去的時光是永遠地過去了，而不斷流失的此刻，又該如何挽留？

3

我束手無策。只好若無其事地無所事事著，花很多時間洗衣服、晾衣服，趁機站在高樓陽台上，看天空裡雲的隊伍遠征，看山脈有時隱藏有時露臉，看海，倘若剛好有船經過。我迷惑地望著花東縱谷的開闔，沒入視線的遠處。

直到，一個有香味的午後，我隻身前往髮型屋。

將過長的頭髮剪至合適的長度，洗過頭，理髮師沉默地調配好幾款顏色，拿刷子在我髮上輕輕漆著。我從鏡子裡望見他簡單俐落的髮型，髮色仍是一種年輕的烏黑，便笑著問他：難道，沒想過要讓自己的髮色改變？

他低聲坦白地說：你不覺得，一個髮型設計師，拿自己的頭髮表現，太直接了嗎？

起初，我有些錯愕，然後，我忍不住微笑起來。彷彿，在他的話裡，我找到了可以在春日安歇的理由。我明白，此地所有被我喜愛的：山與海洋的比鄰，地上隱形畫開的經緯線，放學時總是騎著單車行經的高中男生，市場裡乖巧蹲坐的紅番茄，一條詩人簽過名的舊街，或是海浪拍打岩岸所發生的抒情調音，他們仍然通過季節風，兀自縱橫交織，像一幅被無心拾揀的印象畫。

因為無關，所以相關。

然而，若我命定只能途中邂逅，終究要離開，或許我的不捨，可以間接一點。

就像一缽缽開在瘦枝上的木棉，那是春天忍不住要說的情話，而我竊聽了土地的轉述。把記憶像拉鏈一樣拉上，我想，當我帶著亞麻色離開髮型屋，我也能隨性重組自己的靈魂片段，挖出時間的礦，那時，或許我還能懂得，所謂的原諒。

3

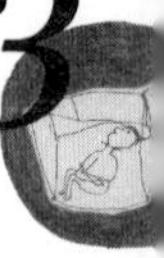

麻煩把我搬走

我曾擁有過一個虛榮的房間。

總可以那樣矜誇地告訴他人：房間面對著花東縱谷的起點，落地窗外，是一條奔流向太平洋的小溪。我常趴在有高度的陽台，看右手的中央山脈腰間的雲；或是在日落時望向海岸山脈上空事不關己的夕色。我可以背出附近店家的名稱，幾種轉彎回家的方式。我記得在天色大亮的瞬間，整個山谷被滌亮的潔淨感，也能倒述某奇異午夜，濃霧淹滿視野的無話可說。

房間不大，卻住著許多記憶：一個衣櫥，疊著四季衣裳；二手電視，看了三年的《Six Feet Under》；一張書桌，桌前貼滿明信片；一張大床，床頭櫃倚著我愛的 Egon Schiele；一個電腦桌，用了多年，陪我寫許多字、讀難解的拉岡；一個流理台，塞滿祕密的零食；組合式的書架、房東的冰箱、透明冰藍的浴簾、落地的暖黃燈、某一年撕畫展覽的海報、妹妹送我的 Snoopy 面紙盒……在虛榮的房間裡，我度過短暫、美麗、華奢的三年時光。我早就知道我會懷念。那一回，陪著一位年長的朋友，回到他的出生地（剛好就是花蓮）去探看，後來開車往七星潭，我記得他和煦的臉龐，陽光中淡淡地對我說，以後你會很懷念這一切的。

其實，我現在就開始懷念這一切了，我說。

我是那樣真心相信，生命中不會再有如此富庶的時光，了無負擔、別無牽掛，只是生活、書寫著。偶爾我在夜晚的花蓮市街，一個俯衝看見港灣與海，總是忍不住鼻酸，這樣過早的傷感從何而來？只因知道自己總有一天要離開。

然而這一天終究要來臨。

晴好的七月天，幾個颱風的空檔，我在湛藍無憂的天空庇蔭下，穿梭熟悉的花蓮市街，將熟悉的景點一一攝相、裝進腦袋裡。簡直是好得有點過分的天氣，不禁回想起那一天，隻身到花蓮市找房子，騎著租來的機車，沿著幾條主要幹道摸索。一樣是晴朗的午後時光，夢境似的空間包圍，一種莫名的親切感浮上來，我瞇起眼看這個即將搬來居住的城——如今一晃眼，竟就要離開了？

因此，雖然早就到下一個目的地找好了下一個落腳之處，卻總像一場半清醒著不捨得放棄的夢，仍賴在我的雙人床上，任房間裡雜物竄亂，洗好了晾在陽台的衣褲，還兀自散溢著生活的氣味。正是這種氣味使我感傷與著迷。我所企盼獲得的身分，不是路過的人，偶爾撿拾此地的香氣；不是觀光式地來到夜半的海岸，看流雲從最近的岸邊一路捲向天邊；不是，當然更不是要隨著旅行隊員，促擠在愈見明亮的賣場裡，搶食一顆剛上架的花生紫米麻糬。我所希冀的，無非可以日常穿越同樣的街角，看見同一棵麵包樹在四季裡變換不同的榮枯。那感覺，就像面對一個愛過了、漸漸感到熟悉的身體。

終於只剩下一點點時間了。

買來紙箱、封箱膠、黑色大塑料袋。首先是雜誌，積累了三年的雜誌，厚厚一疊像時間，揚起來有灰，惹人噴嚏與眼淚。我一頁頁又重新翻過，拿小刀裁下要存留的部分，然後將它們的殘骸全數丟棄。其後，要求自己機械性地操作同樣的動作：摺好一個箱子、封好底部，將一冊冊厚薄高低的書疊進去。大型紙箱裡，底層先裝質軟的衣物，再將為數不少的CD藏成夾心。如此，這般。整理舊物，不免容易遇見情感的渣滓。家具則或送或拆，時間的結構性相當分明。

休息的空檔，我暫停手邊動作，接受陽台上大無畏藍天的勾引。任性的基因隱隱作祟：如果可以就此放棄整理的動作……如果時間不是線性的。

然後回過身，用眼神巡顧這虛榮的房間，像一個生命裡的小小移動城堡，或許已在我的血液裡落籍？我將長滿硬殼、難以蛻變的自己也折疊進紙箱裡，那一雙總是冷冷觀看自己的眼睛也折疊進去，還有，那一些回不去了的舊時光，都疊進去。整整三天的最後期限，我進進出出，來來回回，一次又一次，獨自買回式樣相同的紙箱、膠帶，封裝起這一切的一切。

當生活痕跡像拍壞的音樂錄影帶，在倒帶的軌裡漸漸被消磁，我坐視著逐漸空盪起來的房間，好像身體遲鈍的表面層也終於有了第一次剝落。

最後一夜，我打算和堆疊與身齊高的箱子群一起入眠。打包的段落，出門晚餐，一陣突如其來的雨，像是什麼適時響起的背景音樂般，為花蓮的黃昏添加顏色。我一個人，開車到慣去的簡餐店，點了慣吃的晚餐。老闆還是那樣親切地招呼、閒話家常。我沒有透露半點要離開的神色，像任何一個尋常的夜晚，享用一次不疾不徐的晚餐。

感傷是怎麼來的呢？當我隔日清晨在花東縱谷的起點醒來，我嘗試記住樓與天空的高度，隨即形狀狼狽地將四十二個紙箱、十一件貨運，連同我的亮橘色腳踏車，一一托運送走……最後，只剩下我，將帶著其餘的易碎什雜物品，一路開車，繞過四分之三個島嶼，完成此趟搬家的最後航程。

將最後一件細軟上車，我站在熟悉的地下停車場，望著一大片低滲的慘灰水泥牆面，忽然，龐大的空虛瞬間向我壓迫而來——那一刻，我只希望有個誰，隨便一個誰，高抬貴手，麻煩，順便把我搬走。

時間之塵

3

鐵道書

車行在北迴鐵路之上，冬日晴朗的陽光劈開了山谷，一派溫煦的雲朵就這樣蹲坐在山頭。重點是綠，這時候山浮現了一種溫和的綠，讓人感覺幸福與放心。山谷裡依然栽種著一些芒草，風一來，或許是火車呼嘯過帶來的風，壓低了它們，它們也都好溫馴地接受這樣的命運。然後，陽光透過淡綠色窗簾，灑落在我的鍵盤上，偶爾又進入烏黑墨沉的隧道，立即兌換了黑夜。

重複著。鐵道前進。

經過了山，海就來了。左邊的窗框著海，框成一張照片。海上晴朗地浮現小島，我認得它的名字：龜山島。海是那麼蔚藍，我們甚至無法辨認它一共有幾層顏色，但它的身體不斷地展現著，龜山島忽然被一段隧道遮掩，隨即又出現。

雲是預言家，它們總在那裡等候著說出天氣。

車子來到一個稱之為「武塔」的地方，它是北迴線上的小站。已經撤除了，這裡有大量的隧道，我們穿過山的肉體。黑。是黑。然後，我就要回到花蓮。也許再幾十分鐘，會有黃昏迎接我。

風靈

趁著午後的陽光，終於好好打掃一下自己的房間，我呼呼啦啦地拖完地板，砰鏘一聲我的海豚風鈴其中一隻海豚掉在地上，它是一個木製的風鈴，一共有十隻木質海豚高高低低圍繞成一個圓，結果其中一隻鬆線了，掉在地上，剛好被我踩過——背鰭斷裂，再也綁不回去了。

夢寐

做了一個怪夢，夢見我和家人去旅行，結果，列車飛快地駛過異國時空，我們在一個地方下車，下車後，看著車子離開，才發現下錯站了。夜晚空盪的車站附近只有一大片黑。風也很大，拖鞋都被吹走了。大家都喚不回列車，只好將就在旅館過一夜。隔天醒過來，再去搭一天只有一班的列車，才發現，那車站竟蓋在沙灘上。前一夜見到的黑暗都是海。天氣很棒，淡藍色的海溫柔地捲起了波浪，沙子透白，總的來說是一種完美的度假氛圍，然後車子來了，我沒有上車，獨自走到有沙的地方。

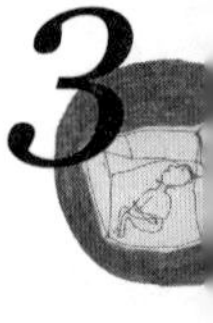

正在吃的嘴巴

前一陣子迷上了吃海苔，常常到不同地方去買海苔回家吃，於是我吃了各種海苔，在各種奇怪的時間——我像一個抽離的個體，檢視著我的吃。真的好詭異，我邊吃邊想像著海苔那麼辛苦被烘乾又若無其事地被咬碎，真是太魔幻了。

影

河瀨直美是我少數知道也喜歡的日本女導演，我從她的《萌之朱雀》就很喜歡了。至於《沙羅雙樹》一開始的晃動感，確實令很多人不舒服，當然我也相信學攝影出身的她，不會不經思考就去使用一個鏡頭，所以我毋寧願意多想想，在感官刺激之外的，是要說一些什麼？為什麼要用那樣曲折晃動的鏡頭來訴說？當我這麼想的時候，我也就接受了這個部分。我覺得許多藝術表現形式裡，有時確實企圖令人難以接受，它是一種挑戰或挑釁，但在她的電影裡我想我是能享受的。

失眠者

夜半找出一本詩集，是夏宇的第一本絕版詩集，因為已經絕版了，所以我的是借來的影印版本，長久以來都是以影印的方式存在於那裡，但其實非常不便於閱讀，像散裝的記憶。昨天我不知怎麼了，決定將那零散的詩一頁頁摺好、一頁頁割開，變成一疊，像一本書一樣的一疊了。然後，我便安心地去睡覺。

愛者

又翻看起邱妙津的《蒙馬特遺書》，一直不能愛這本書，因為不能接受其中愛的姿態。愛也有其姿態的嗎？在其中要求前進後退泅泳浮沉，像誰曾說過的，「不忍見其貧」。好像其實該要把自己偽裝成一個強者，但其實脆弱，這之中就存在著心的貧窮。再讀一次的時候，發現要去直視貧弱的那個部分，要嘛自己得很無感，要嘛自己得夠強壯，去呼喊理想愛人的時候，才不會變成一個瘋狂的愛者。

影Ⅱ

看了林一峰第二部短片《窗外》，很實驗性的，不敘事的，大量馬賽克變形的，甚至帶著一點奇想。其中有些片段還是很可愛，寫給感情的信，寫給時間的信，這些信件像彼與此的交談，像石頭的廣播，也像倒立的土地寫給遠方的戀歌。可惜太短。另一部搭配放映的是《平安米》，也是蔡珠兒寫在〈白米特攻隊〉裡的狀況。雖是紀錄片，導演卻很能捕捉

重點，也很難想像，有這樣多的老人家，他們都這樣活著、存在著，甚至用蠻頑的力氣，還在尋常儀式與生活中，變成見證。

寒單

搭火車從高雄到花蓮，長長的旅程中，在島嶼南方沿海，卻看見了美麗無比的夕陽。夕燒橙黃，晴豔地沾染著海水，火車飛快地駛往山的方向，落日追著，像痴心的戀人，就這樣追在後面，好像要交代著未說出口的一些什麼啊。

無異

螢火蟲季又開始了。我開始看林文月的《人物速寫》，有些篇章是很久以前就看過且印象深刻的，然而當接連著看，還是心驚於其中大量的死亡出現。

靜電

晚上在用靜電吸塵紙把房間裡過多的灰塵吸去的時候，我的吸塵握把，正經過朋友借了我很久始終沒有看的一片日本電影VCD、一隻看起來安靜無聲的小熊，一個朋友送我的峇里島美麗木盒，一片角頭音樂的大張CD套，灰塵靜靜地被吸著起來，它們做何感想？我卻不知怎地想起恆春有個地方叫出火，打從少年時第一次看到就很愛，前前後後去過好多次，地底的瓦斯竄出地表，變成一朵朵火燄，風來的時候就吹遠、騰高，然後消失。偶爾火勢很小，接近沒有。忽然很想念那裡，希望瞬間移動過去看一看。——然而，我只是移動了吸塵握把的位置，繼續清理CD架，書櫃，電視。

失眠者II

晨間的光線是那麼神祕而迷人，極短的瞬間就有決定性的改變。悄悄地增強，像一種樂音的漸進式。風很大，充滿了縱谷，還在高樓間造成迴音。

租賃

找房子也是件傷感的事。一次又一次地進出著陌生的人家，想像自己適合居住在這裡嗎？窗外的風景是我要的嗎？回家的巷道是我要的嗎？我可以要什麼？不要什麼？這看來陌生的空間將承擔我漸漸老去的身體嗎？常常走在街上，看著滿街高樓、低樓。

如果我們的時空都是借來的……

要不然呢

感傷的巡禮。街道店家人物。午後，天空是亮的，雨短暫地停了，山在微涼的空氣中顯得很嫵媚。街道都是新的，雖然好像被破壞過，但它們看來很堅強，可以幫助自己走出危機的感覺。然後我就去剪了頭髮。剪完頭髮，雨又下大了，雨刷不斷地把雨水刷開，街道又再一次接受了情緒。

漸弱符號

颱風剛離開時，我開車經過慣走的路，地上都是樹葉屍體，幼樹還被吹彎，整條路都像傾斜的。如今已有整頓，天氣明亮得不得了，整個天空都是藍的，山谷也清澈得像個正直的人，海更是沒話講，該用的藍色都用上了。花蓮港濱不知為了什麼，建了一間一間小小的屋子，變成小商店。這樣的風景，在我離開以後，依然還存在著。想到這樣，便覺得放心多了。我躺臥下來，窗外的山谷裡的燈火有增無減，星星明滅，偶爾飛機與鳥盤旋。畢竟我曾經來過，留下繩索也接續線索。這樣，就好了。

立足點

大致在新的異鄉安頓了，漸漸理解街道的幾種紅綠燈，車流速度，店家名號，幾種回家的方法。只是房間裡永遠整理不完的行李，令我有一種隨時準備離開的氣氛。小小的房間，擺上熟悉的幾樣貼身紀念物。拿出吉尾良里月曆時，才發現仍停留在六月。撕去時間，七月像一盞忽然熄滅的燈，一下子就燃盡了。——就當我寫完這句話，我的房間突然在半夜停電了，因此只好長途跋涉、搭了計程車，帶著電腦，跑到咖啡館來，喝一種奇怪的香蕉啤酒。

俗套

開始工作之後，不能免俗地想念無所事事的時光，可以慢慢地翻一頁書、喝一杯茶和朋友聊天，或者在陽光正熾的午後去有海的港濱買一碗加了檸檬味的粉圓豆花。或者，站上陽台，看太陽散步光影慷慨地捐給所有山脈，那樣那樣的時光，都過去了。

突襲Ⅱ

其實擦身是一種很好的遇見的方式。能夠安全與安靜的擦身，要比毀滅地撞擊來得優雅有餘地。

真實一瞬

去當代藝術館看「虛擬的愛」，站在奈良美智的夏之屋裡面，看見已經讀熟的幾幅畫，很努力地辨認他工作的工具、擺設、地上的啤酒瓶，靜靜聽完一支歌，竟是我也有的一張 *the flaming lips*、*bass* 聲響在木屋裡，我都激動地要落淚了。原來，這世界是共通的、是流動的，會感動你的東西，也必定會被你感動的東西感動。

後退的風景

去山上採訪法國繪本畫家，搭長長的捷運去，沿途聽著《一個人在途上》，陽光真的很好，明亮但溫柔地打落在我新買的書上，《旁觀他人之痛苦》——然而讀了一些章節，車廂快速地後退著，正如時間之逆，我想我還是闔上書吧。林一峰正那樣輕快地哼唱著〈Lover's Lullaby〉啊。後來我們到了山上，可以看見遠方的關渡山，還有淡水河與海。山上的人到天池去抓了一種魚，叫作「向天魚」，牠們有很多腳，是綠色的，愉快地划著，牠們是一種會向上划行的魚，一如時間之逆。

突襲IV

又再度無預警停電。夜裡我終於回到屋裡，發現有滿天星光，在城市裡還看得到星光，或許是因為地面太黑暗。是。停電了。我只好到城市裡的不夜咖啡館。喝那種香蕉啤酒。等待電。臨走前找出我的小叮噹手電筒，讓它像守護神一樣靜靜探照我的黑暗吧。它曾經陪伴我經歷幾次或者地震或者颱風的夜晚，此刻它始終不懈怠地微笑著，站在香蕉啤酒旁邊。我想像城市裡應該有幾條街道已經醒過來了，在暗裡摺疊報紙的人正準備把新聞紙送到每個人的夢裡。咖啡館裡總有不睡的人——不見得是像我這樣因為停電的。

業餘

夜裡回家的時候總會經過一處已打烊的百貨公司，樓下的點心屋已經歇業休息。店員們離開前把所有白色的木椅在騎樓上排列整齊，就好像放學了一樣。全部集中成一個正方形。然而走廊上還有一盞光，會靜靜打落在那木椅群之上，我閱讀著窗外的那風景，純白色的寧靜，每每感覺好安心。然後我換搭不同的交通工具回家。耳朵裡聽著音樂，那是一天中少數可以與音樂很貼近的時候，各種聲音就這樣直接地在我耳膜旁邊說話。我穿越人群，拉緊把手，盡量不要跌倒地生活著。昨天回家的時候，我又經過那百貨公司，又看見那間點心屋。同樣又是已經打烊的時間——我曾經趁著中午去吃過一回，純白色的桌子上端來袋餅和朋友點的茶泡飯。冰櫃裡播放著一整排的甜食，一種叫作水果自轉的蛋糕像一棵星星樹。然而我們再也沒有去過那裡用餐。昨天夜裡，本該乖巧群聚的椅子們，呈現出

一種自在但紛亂的狀況。幾個上班族嬉鬧地坐在椅子上，隔著一條街我可以看見他們談笑的臉，抽菸的指間，忽然別開眼神的一瞬。他們坐在椅子上吃布丁。騎樓上的冬夜，燈光暖暖地打落在他們的身上。

那一刻，我依然感覺安心。

動物感傷

回家的路上，遇見兩隻小幼犬，說不出牠們的品種。潮濕氣味的山邊，昏黃燈光，先是一隻朝我奔來，隨之怪叫幾聲便竄遠了。走沒幾步，又遇另一隻，一樣的大小，也許都剛到這世上沒幾個月？我望著牠，牠望著我，仰起的臉是那麼哀愁，好像是一隻已經藏有許多心事的小狗。我拿出相機想要拍牠，牠機警地察覺空氣中因子的轉變，隨即躲進暗處。我又往前，按好快門，牠已整個匿進草叢裡了。我只拍下了黑。我想，牠們應該是一對流浪的兄弟吧。

今天回家，我又遇見了牠們，在街燈暖暖照射下，清楚地看見：原來是一黑一白兩隻幼犬，牠們在秋涼初起的夜裡，慵懶疊著彼此的身體，默默地望向我。我沒有拿出相機，牠們沒有奔離，只是輕輕站起身來。我朝望著我的白色小犬輕輕揮手，轉身回家。那一刻，我忽然懷疑，牠們其實是不見天日的戀人。

需要一個名字

遇見那個人的時候，沒有任何甜蜜的預感，因此非常需要一個名字，哪怕只是一個名字，用來紀念那爆炸的瞬間。

後來才知道：時間會在身體上寫字。身邊停留最久的那個人，我們所擁有的，不只是一個名字，我們使用任何名字呼喚彼此。

身體政局

1

鐘是數字的冰櫃。

夜裡當他獨自一人，清點一日風塵，沐浴、更衣，點燃香氛燈，讓黑暗慢慢淹進來，他躺臥床上，像一枚準備妥當的蛹，接受睡眠的徵召。這時，他微閉著眼，像是等待有人在遠方將虛構的水龍頭扭開，讓他這頭的夢境可以源源不絕流出。彷彿有物在地表邊緣靜謐移動，彷彿聽得見草木鑽破土地伸展肢體的細碎聲響，他閉緊眼，卻發現耳邊時時醞釀著一場小規模爆炸。

是數字在鐘裡的叫喊。

他像一個被鐘面軟禁的數字，在時間的監視中偷來一點睡眠。他知道，誰都想要跳過數字所設的陷阱，卻又忍不住欣賞起數字旁的沿途風景，因此經歷著一種無可避免的變形——自我意志膨脹的身體、被放逐佚失的啟蒙事件、面目模糊的戀人甲乙丙丁、自由伸縮的記憶城鄉距離……。

時間是他的冰櫃，當他耳邊的爆裂聲，嚴重地干擾了睡眠。他起身將鐘面上的數字一一卸下，但在拆卸的過程中，腳下的床鋪突然塌陷，數字扭曲歪斜，他像逆轉的水，瞬間被吸入夢境運輸的管線。

鐘仍保有數字，時間冷藏了瞬間。

2

他曾去過那座島。島上盛開著一種百合花。無預警的陰霾天氣覆蓋下來，像有誰在遠方策動著追緝。他沒把握能逃過這劫。身體無時不刻總在洩密，留下氣味、排出呼息、書寫痕跡。他多麼渴望自己可以變成透明。

為此，他嘗試過許多方式：如何可以將身體對半剖開，拉扯出過度匿藏的細節，好證明自己無罪？

夜晚時候，他漫步過島的半臉，像研究一種祕密逃亡路線。天空墨黑，海潮聲逼問。他獨自走到西北方小型停機坪，隱約可見紅白兩色方格交織成一堵牆，沒有任何飛機等待起飛。無辜的野生百合在夜裡仍像窺視的眼。

他頹然地踅回原點，在一片石礫上坐下。等待著什麼似的，等待眾人的救贖？或是乾脆來一次永恆的殉？讓膚皮上的不在場罪證如血色流出，一一撫平心的石礫。天色微明之際，他起身，讓風布滿衣袖，鹹味在空氣中漫散。路旁的雜貨店仍拉緊鐵門，坡地上的幾戶人家尚未起床，唯有屋頂的風向計嗡嗡鳴著。他站住腳步，定定凝望杆架上對半剖開的薄薄魚身——既然，誰都避免不了曾被垂晾的那一刻，這身體，他已決定放棄。

3

地球一直忍受著彈奏。

就像他一直忍受著無可無不可的記憶在他的耳邊悄悄說：遺忘。他因此想不起時間發生的順序，像一個被解釋後更見混亂的文本，索性撕下其中一頁，當作什麼都沒發生。同時，他也不能相信為什麼窗外的潮聲要一再重複著無用的催眠。他憤怒於他人的晴朗與和平，決定要一口氣吞掉手中所有安眠劑量，期盼一場長久安穩的睡，可以拯救他焦荒過久的渴。

這些日子以來，他承租著一段不甚滿意的人生，過量的期盼與愛，責任或安排。他想要讓自己更為秩序，被教養充滿，或者在紀律的凌遲中突擊，滑壘得分。

但一切都已太遲。

日暮時分，十數隻海鳥前前後後降落在潮間帶的木樁上，他隔著窗縫觀看，過了一會兒，又來了三兩隻。他瞇著眼細數那些鳥兒，像清點一排不規則的音符。在那裡，將組合成怎樣的一首歌呢？是否也持續宣傳著暈眩與瘋狂的相反？

在意識抽身之前，他終於聽見時間樂器所大聲播放的，上揚的尾音在陽光柔煦的指揮中結束，他心滿意足地、像一個漸弱音符般沉沉睡去。

後來，原來

4

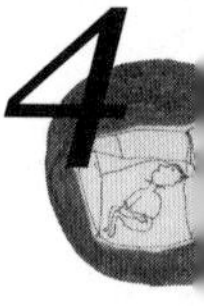

後來我想起來，原來那是一個夢。

也許是現實生活捆綁太深，我心底的意識潛流已經在每一次飛機翔飛的跑道下練習，如何離開此地。夜裡，裹著暖被，乾脆就把床當作飛行器，騰高，越過太平洋，沒有陽光的海顯得安靜，岸邊的笑語灑落變成窗旁的星星。天色轉換，越過寂寞換日線，陽光一步步遠去，又逼近。好像在追趕時間。終於，整片天空都亮了，魔毯上沉睡的人們都醒來。

我們降落，在初醒的城市邊緣。

因為沒想過會如此輕易地離開，也就沒有攜帶任何尚未過期的諾言。忘了帶可以記憶的相機，所以風景用完即丟；忘了帶盥洗用品換洗衣物，只好把影子當衣服，不斷更換影子的造型；忘了兌換外幣，隨手揀起幾個石子，打落迷路的雲。

我們坐困愁城。繞著龐大的溜冰場走，整座大城被捏成扁扁的，在河的另一側守候著，我好著急地想出發：那是日思夜想的百年咖啡店，那是繁華不老的數字大街，那是，那是……。

那是一直都沒有長大的我，安靜焦躁地坐在你身邊。

後來，我們哪裡都沒去成，現實人生就索回了夢的入場券。

我醒來，一如往常地刷牙洗臉吃兩個麵包一杯咖啡，這城市的光斜斜地射進我的小屋，我望著地上的光影，怔忡了許久才發現：是我的眼角有一些潮濕的線索告訴我，昨天夜裡我做了一個夢。雖然哪裡都沒去成，但我終究離開了。

天氣戀人

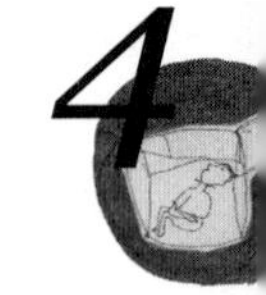

會不會有一天，我們之間的話題，只剩下天氣？

你那邊是晴天，我這裡卻起霧下雨。你那邊的風吹動一尾寂寞的鯉魚飄，我這裡的雲，掛在樹上，睡得好安靜。因為不能常常相見，無法確知彼此的心情，只能隔著信箋和話筒，讓文字和聲音，遙遠地傳遞。熱騰騰的想念，在距離中失溫。偶爾，笨拙地想為對方添一件衣裳，卻因為辭不達意而變成負擔。

最後，只好言不及義地談論天氣了。

今天，我的心是晴天，你的悲傷是短暫陣雨，在措手不及的背叛閃電中，還有一些親親如霧的懷念。直到南方的三月也飄雪，所有的言語都如同祝福的碎片。結束最後一次行蹤預告，我們是漸漸失憶的天氣戀人，在下一個甜蜜季節來臨之前，背對背走遠。

5

多謝滾石唱片

然而，又有什麼方式可以令你如此迅速甚至不需搭乘雲朵與記憶，直接跌落那天——一九八七年春天，你出發到一個陌生國小，與相同區域、同齡的孩童，一起聚集，展開了人生第一次離家的冒險初體驗？那些令你如此珍惜而又難以言喻的悸動，使你終於象徵性地脫離某一類隱形保護，來到透過友誼諸如此類搭建的新鮮城邦，那時的陽光與今日並無兩樣，你十歲的臉龐還沒有被青春痘踏出痕跡，然而你笑嘻嘻出發了，眼裡記載著細節，耳裡聆聽著經驗，嘴裡唱著因為島嶼北方動物園搬遷而有了的一首主題歌：〈快樂天堂〉。

那是你第一次跟流行歌在同一個月台上車。在一個鄉間小鎮為期三天短短的育樂營裡，歌詞裡的動物夥伴：大象斑馬孔雀，給你一種奇異的童話想像，跟這場旅程本身的性質類似。但你並不知道，一九八七年的這個月台早已出發了一班名叫「民歌」的平快車，那些帶領你跨入青春期前奏的大哥哥大姊姊，則適時扮演了某一種成人的理想典型。

然後，你離開了營隊，卻從此攜帶著關於歌的輕盈載體。

你央求前往日本旅行的父親，為你帶回了一台珍珠白的卡式隨身聽。在仍未發育妥當的床前，彷彿有一種微妙的低溫盤桓著，如有翼的天使居高臨下俯望你屈身側睡的身影，在你偶爾閱讀偶爾發呆的夜裡，那些仍嫌早熟的童年夜晚，隨身聽裡的卡帶總是安靜地旋轉著，你一遍又一遍地讓河馬老鷹獅子的隱喻進入生命，陪伴著度過春夏秋冬，仍然是，〈快樂天堂〉。

怪謬的是，當彼時陳淑樺的〈夢醒時分〉唱遍夏日街角，你還沒有理解蔡康永為她寫的文案「唱的時候忘記他，聽的時候想著我」是一種偷渡了都會、情愛與性別的詠嘆之前，陽光尚未摺進你畫有竹節的泛舊布簾，你在夜裡關上一扇酒紅色的塑膠門，踏著地上微微皸裂的白色幾何磁磚，聽她微風一樣的嗓音唱起：「早知道傷心總是難免的，你又何苦一往情深？」那麼白話清楚、直指人心，像個路過的說書人，而那時你其實還沒有經歷過任何一段曖昧。稍微懂得傷心的時候，陳淑樺的一九九〇，〈一生守候〉，吉他聲悠悠地彈撥，你擠在狹隘的學生宿舍裡頭唯一可以闢出一方隱密的壁櫥旁，將門拉開，偷偷擋住巡邏的教官蒐查隨身聽禁令的眼神，那年你國二。

差不多也是那個時候，蘇慧倫剪了男生頭，開始她清亮的嗓音敘述，那個愛上飛鳥的女孩，還沒有跨界演出《藍月》與《童女之舞》，還不是《檸檬》、《鴨子》、《Happy Hour》三部曲的玉女天后，她只是單純地像島嶼上某一個溫暖的隔壁班女孩，暖暖地唱著〈六月的茉莉夢〉，甚至會偷偷寫信告訴你她的幽微心事，譬如說〈相愛吧，河水和月光〉。

整個青春期，你困在一座植滿木麻黃的校園裡，那是一座不見海平線的舊時港濱，最遙遠的冒險是高中聯考完畢，騎著借來的單車在住了三年卻仍然陌生的荒誕小鎮上閒逛一整個午後。當然你不會忘記張洪量、杜德偉和黃品源。他們分別代表三種相異卻又並存的力量，就像面臨轉型中的島嶼，望著體內各式衝撞不一的礦，都在製造新的可能。張洪量像紙被揉皺過的聲音，融合大量抒情控訴的文字，其實很接近詩。黃品源的男配角宣言，讓你忽然發現生命裡有一種人物，不必是最眩人耳目的存在卻自有其力道，就像後來陳珊妮為他寫的那首〈路邊一支草〉，輕快地為自在的生命塑形。杜德偉從香港來，曲風明顯不同，卻同時被市場需求著，濃濃的鼻腔共鳴，銘記當時兩塊島嶼間特殊的互動交流。

絕不能跳過陳昇。在「新寶島康樂隊」尚未成軍前，他歌裡強烈的人文關懷和極具個人特色的吟唱風格，像把溫柔的錐子，直刺最柔軟內心層。而與黃連煜的合作，除了讓客家聲音被聽見，像〈一百萬〉這種從社會新聞改編的歌詞寫作也讓你發現華語流行音樂的寬廣可能。那一年，一九九二，你和一群朋友忙於校刊的製作，好像也跨入生命中另一個奇妙的進階，某些更難掌握的核心關鍵或議題像一場突如其來的雨水，打濕了原本認定的、愚矇童稚的價值觀。成長或許是一種緩慢的剝落，你斑斑駁駁地想要冒發新芽，卻沒有找到合適的枝頭。一九九二，你參與了另一個文學營隊，認識了一些同樣喜歡閱讀寫作的朋友，其中的一位，現在是在部落協助重建九二一的社工人員，他那時遠比晴朗還明亮，且內心有著極精緻美好的開關。你們被分配到同一間寢室，夜半的時候眾人閒聊著不捨得入睡，於是乾脆共擠一張床，聽萬芳。聽萬芳有點神經質的、不安的牽動地唱著〈半袖〉或〈微笑的星〉。那是她仍翻唱某些今井美樹的年代，像一種祕密的嵌合般，她的聲音那樣神祕地伴隨著青春時候苦澀甜蜜不能分辨的淡淡憂愁，隨風飄遠。你一直跟蹤著她，當你赫然發現不到十年的時間，萬芳仍繼續耽唱〈這天〉、〈那夜〉，你們其中的大部分人，卻已各自在人海中走失，走往歧異的志向與道途。

也許還有娃娃，她牽情地唱起陳冠蒨的〈大雨〉、李宗盛的〈飄洋過海來看你〉，後來又好詭異地與羅大佑合作了《四季》、《隨風》，概念完整統一，特殊的聲線，然後竟瞬間像蒸發般消失。

在無印良品之前，你還想起張楚、竇唯以及很後來的花兒。你喜歡聽張楚唸詩一樣喃喃地唱著「孤獨的人是可恥的／空氣裡都是情侶的味道」；又或者是竇唯還沒有與王菲離合，他是一頭蹲踞在漫長鐵軌前的《黑夢》，這是你第一次認真聆聽來自對岸的歌，而非政治。無印良品之後，你的三台卡式隨身聽正式走入歷史，CD光碟薄薄地住進了你的耳裡。名稱拷貝自日式品牌MUJI的馬來西亞二人團體「無印良品」，光顧了你大學時期的幾個階段，像一個不認識但熟稔的朋友，一直守護著你魔幻又清晰的生活點滴。然而，他們終於也解散了，就像你不得不結束學生生活，進入軍旅。

5

那一年，莫文蔚已經唱過〈他不愛我〉，偶爾你在陽台晾衣服的時候，會聽見樓下的住戶播放著和你同一首曲目的〈沒時間〉。一九九八年，五月天的〈春嬌與志明〉和〈瘋狂世界〉變成KTV必點曲。也許正因為你無力改變某些軍中的成規，瘋狂世界變得很有力；第二張《愛情萬歲》的NON-STOP讓BAND SOUND更流暢，你躺在暗綠色蚊帳裡，聽阿信替你吶喊狂飆，然後便可以安心地睡去。當然你也沒忘記梁靜茹唱〈一夜長大〉與〈勇氣〉。而陳綺貞的歌總像一種永恆的棉花糖，可以負責撐起世界所有的輕與重。二〇〇三年，你坐在舞台前面，看《地下鐵》。燈亮之後，陳綺貞飾演的盲女邊敲著階梯走下來，一邊低低地吟唱著：「在空盪的廣場，在空盪的海洋／我學會了退後的飛翔。」

眼淚忽然就來了。

你閉上眼——又有什麼方式可以令你如此迅速甚至不需搭乘雲朵與記憶，直接跌落某天？多謝滾石唱片，在你獨自退後的飛翔裡，一直有歌陪伴。

遇見，林一峰

午後的陽光照耀在維多利亞港灣，我與朋友搭著不知第幾回的天星小輪，貪看一點人造都市的不可思議高度，船隻晃盪過波光粼粼的海面，水光隱約像玻璃一樣泛起點點有硬度的折射，我們抵達灣仔，隨即又搭下一班渡輪回到尖沙咀。走在碼頭旁的街，一人一杯菊花蜂蜜爽，對抗十一月殘存的暑熱，我們踅過半島酒店、繞到後方的HMV，照例要逛上好一會兒，看看新到音碟、還有世界各地被翻譯的港味十足的電影VCD：《論盡我阿媽》，《樂滿夏灣拿》，甚至有許多難尋少見的國片：《牯嶺街少年殺人事件》，《一一》，《兒子的大玩偶》，我如獲至寶地買下，最後，在櫃上看見數部由香港影意志出版發行的同志影片：《心灰》、《漂流三部曲》、《情色地圖》，一幀又一幀的人體攝影中，其中一幅特別引人牽掛，那是一片軟柔的藍天，靜靜睡臥著兩個男孩，他們的睡眠如此無憂甜美，使我忍不住將光碟從架上取下來，仔細端詳：《天使》。

然後我結帳離開，短而緊湊的行程裡，還有許多記憶景點等待溫習，我和朋友穿梭在初秋的香港，開心地結束了旅程。

5

回到我所居住的小島後，忍不住懷念起香港的糖水、茶餐廳，喧嘩嘈雜的街道特別有一種難以言說的牽掛滋味，一個人的夜裡，我想起買回來的光碟，那一雙靜靜睡著的男孩，於是趕緊以溫習的心情打開電腦，觀看起來。

啊，原來是這樣的故事。

一位向家人宣告出櫃的男孩，借住到朋友家裡去，他們之間，透過一些共通的童年記憶，一點點人與人之間的溫柔對待，還有生活中的淡淡接觸，若有似無地萌生了一些情愫，後者甚至放棄了自己原先正交往的女朋友，選擇了他真正想要的愛情。故事很短，轉折卻很清楚，鏡頭已說了許多甜蜜的話，還包括我想念的香港，看完之後，有一份奇特的情緒釀在心裡，就像電影中不經意出現的那一支歌，〈我和泡麵〉，久久不能散去。

於是，一時興起，用蒐尋系統輸入演員的名字，林一峰，查詢。

啪啪啪啪，螢幕上出現一長串他的資料。這才發現，原來他的本行是唱歌，滾石可樂的網站上有他的作品可以提供下載。我並且驚訝地發現，原來他寫過好多歌，有些本來就是我的心頭好，可是怎麼從沒注意過這個名字呢?奇妙的愧意油然而生。於是，我不知哪來的勇氣，居然就在他的郵件處點選，並寄出了幾行激動與鼓勵。那時，他還沒有出版個人大碟，從未下載過MP3的我，特別央請朋友幫我把從「滾石可樂」下載後的歌曲，燒錄在一張光碟中，每天往返花東縱谷或蔚藍海岸的時候，就播放聆聽。林一峰的聲線好柔軟，然而當唱出來後，在吉他的撥弦聲中，又會變成一種堅強與執著，我的疲憊日常，在他的歌裡，融化成一陣潮聲。

更令人驚喜的是，他回信了。

猜想當時他應該正在歐洲拍攝完新片《窗外》，或者製作著新的音樂，但仍誠懇地捎來一封英文短信，說謝謝我喜歡他的音樂，還解釋拍那部電影只是為了幫朋友的忙之類云云。一時間，我的小歌迷心態膨脹成龐大的喜悅，傻笑著反覆閱讀他的信箋，還有他一貫結尾時帶著祝福的署名，**Cheers**，**Chet**。

那真是一種很奇妙的感覺，那麼遠，又那麼近，然後我便迫不及待地把我的開心告訴親近的朋友們。秋天走了，冬天來了，我時不時到他的歌迷為他所製作的網站，了解一下他的新作與近況，偶爾也會找到一些網路資料，可以看見各媒體對他所做的介紹。感覺上，好像有更多的人認識他了，不光是因為他的電影演出，還包括他寫了一首旋律動人、詞意深刻的〈**the Best Is Yet To Come**〉，獲得很大的迴響，他是那樣輕淡地吟唱著，「永遠有一個吻未嘗／有些燭光未燃亮／若愛太苦要落糖／結他斷線亦無恙／**to hug someone**／**to kiss someone**／**the best is yet to come**」，好像，一切都透澈與明瞭了，我們終於可以釋放那些不甘心的眼淚。

春天還沒有完全降臨的時候，我收到了一個陌生朋友寄自香港的包裹，裡頭有一封短信，還有兩張市面上不太容易尋到的CD，一張是早期林一峰和茜莉妹等人合作的「3P人人音樂」，一張是他和妹妹林二汶合作的《少爺占廣播劇音樂全集》，原來，是在國外念書的朋友，知道我喜歡林一峰，特地再託香港的友人，幫我找到這兩張專輯當作遲到的生日禮物。喜歡就像連連看，竟也為我連出一份神奇的地圖。收到這份禮物沒多久，便聽說林一峰的首張個人大碟《林一峰的床頭歌》也發行了，果真那位香港的朋友，又再度為我寄來他的新碟。

我的生活裡充滿新鮮的歌，那些歌，在我床頭遊樂著，房間裡的光線好像也有些不同。為什麼喜歡林一峰的歌呢？他的音樂元素那麼簡單，吉他長笛口琴鋼琴，介於民謠和流行之間，卻總是用最少的話，誠懇地道出了最多。一次在網路上看見他的報導，一頭新染的灰髮，底下仍是帶著一抹慧黠的笑。那樣的笑意一直是屬於他的，有點彼得潘，但新染的髮色使我想起時間，我想，他的體內應該也住著一個無有名姓的老靈魂吧。

其後，一場瘟疫襲擊了我們。

整個春夏，香港與我居住的島嶼都陷入疫情蔓延的恐懼之中。不知道死亡會否等在下一個路口？我戴著口罩，搭乘火車，右手是海，左手是筆直的山脈，空曠車廂中我的耳機裡有他的歌，「若要錯失永不能守／得到也不代表長久／假使快樂有盡頭／痛苦也未會不朽」。吉他聲像海浪襲來，聽著，感覺躺臥在一片有陽光的礁石之上。

最好的尚未來臨。

七月，當疫情漸趨穩定，我和朋友立即決定要再度造訪香港。當我們決定了出發日期，我驚喜地發現，剛好可以趕上林一峰籌備許久的音樂劇《馴情記》。因此，我厚顏託請只有一面之緣的香港朋友V為我們買到入場券，體貼的她已看過這齣戲，又陪我們看了一次。看戲之前，還帶來簽好名的海報贈送我們。我的背包裡，有前一天剛在HMV買到的新碟《遊樂》，封面上提著吉他的背影，就要出發與離開，這一回，要去哪裡呢？

或者，哪裡也不去？

當我小心摒息端坐在暗了燈光的劇場，親眼看見林一峰身著一襲白襯衫，手握小型錄音機，他距離我，甚至不到一條街的寬闊。然後他的歌聲就來了，伴隨著我很難抑制的眼淚，就像一個必要的儀式一樣，可以親眼見到，親耳聽到，親自領取與印證一次性的記憶。

好看的《馴情記》，簡單又深刻地講述成長啟蒙與性別議題，清爽的走位與巧妙的舞台造景，讓人見識到香港小劇場的活力與親和力。看完戲後，演員們也都一一到外頭為大家簽名。長長的排隊人潮環繞著劇場內的階梯，V笑著問我，不去找林一峰簽名嗎？我著實心動。背包裡隨身攜帶著、已拆封還來不及細聽的新碟，不就是為了可以見到他嗎？然而，可以觀賞這樣一次演出，好像已經很幸福，其他的，不是都已經在聆聽他的音樂時，獲得了嗎？於是我搖了搖頭，滿心不捨卻又佯裝無所謂地，說沒有關係。

V不能理解，或者已經看穿了我的心情。

我們走出了劇場，在門口與海報合影，也算是一種紀念。然後，剛巧就遇見了同樣是劇中的演員蝦頭。V激動地跑過去，用流利的粵語和她交談著，我和朋友一個字也聽不懂。然後，蝦頭盈盈走過來了，笑著問我們：「你們真的聽不懂廣東話啊？真的是從台北來的？」

我和朋友糊里糊塗地點著頭。

誰知道，她竟帥氣地說：「好，跟我來！」

我們一行三人，就這樣尾隨著蝦頭，來到了後台。她笑呵呵地穿梭過忙碌的工作人員，為我們喚來了林一峰。

那個曾經在我耳裡歌唱的小飛俠，活生生出現在我的眼前。

啊。他並且使用標準的普通話與我們握手，閒聊，簽名，拍照。一直到後來的後來，我回到遙遠的花東縱谷，在微涼的午後，聽他一字一句唱著，「應該拍下照片／與過去近一點／即使好戲定會完／也會與記憶相見／將瑣碎事捕捉／放進相機光圈／讓被定格的幸福／記載我的想念」。

所幸我已拍下了照片，讀完他推薦的小說《突然獨身》，知道他新寫一首叫作「遇見」

的歌，還得到了金馬獎最佳電影歌曲。喜歡就像連連看，我將遇見與他有關的二十三件事情，還可以像一個遙遠的小歌迷，在島嶼邊緣，繼續等待他每一張新碟。

對我而言，最好的已經來臨。

相關四則

1 戀人的催眠

將近午夜的車廂，夜歸的人像玩殘的棋局，各自盤踞在空氣一角。我也找到身體借放的位置，拿出背包裡的i pod，旋轉曲目，疲憊的耳朵多麼適合聆聽林一峰。

這已經是沒有道理的事，他乾淨的聲線，簡單的民謠吉他，就像一種簡單的征服，將身體裡面的刺輕輕挑出：這個世界從此可以無武裝、敵意拆卸，留出一條安心的防火巷。耳朵裡的歌，是他的第三張專輯《一個人在途上》。

總是在旅途上。我們的人生一旦別無選擇地被拋擲於時間動線，空間移動，如何可能避免一時一地的暫留？然而我願意像老唱機的針尖，暫留在林一峰的歌裡。從第一首輕快的〈CL411〉出發，聽聽有關愛情的事，區間夾纏一小段純粹人聲歡快吟唱的〈Lovers' Lullaby〉，每一次聽都像最飽滿的甜蜜，無可避免的情感驅力將會帶我前往一個期盼之外的結局，哀愁被預知了；然後，聆聽持續，好像有張隱形試紙被染藍、溫度下降，漸漸有了鋼琴的陪伴，弦與弦外之音。等到爵士音〈State Of Mind〉加進來，我也該闔上手裡的詩集，準備下車了。

夜晚微涼，一整排打烊的商店像未搭建完成的直播現場。

一個人在途上又怎麼樣呢？我馱著背包，與二十三家食衣住行各類型商店擦身而過，站在十字路口，默默等綠燈亮起之前，耳裡的林一峰仍溫柔而強壯地唱著。有一瞬間，我獲得了暈眩，閉上雙眼，在耳裡接受一種遙遠的發射像戀人指尖柔軟的催眠。我想，下一個路口或許又有新鮮的沉淪在發生，然而此刻，可以確定這世界還願意如常運轉，就是幸福的。

2幸福的相反

天還未亮，幾乎是一夜無眠，然而鬧鐘大響，只好睡眼矇矓起身，漱洗，穿戴著夢的餘魘，拉著行李箱出門往機場趕去。

已經是第幾次這樣呢？感覺身體內海有一種顆粒粗糙的燥熱，在皮膚地底層靜靜摩擦著。我坐在巴士上，望著初醒的城市——往往是晴朗的、無垢且安靜，像一個剛打開的盒子，裝著乾淨的心臟與人群。我隨著車身搖晃，忍耐身體微量的不適，還有即將起飛的小小興奮，耳朵裡，林一峰唱著〈離開，是為了回來〉。

總是，琴鍵聲叮咚滑開，小提琴悠揚劃開，好像就昭示了一種出發的期待——這趟旅

行會遇見什麼？會失去什麼？會飽食挨餓挫折或無意間獲得？會迷途定居迴旋或回到原點重新再來？

無法預知的旅行，就像歌裡所虛擬的感情迴圈，林一峰這樣繼續唱著，「應該拍下照片」，離開／未完／重回，那樣百折千迴，最後還要不死心地問一聲：「could we ever meet?」

每一次感情大霧的微涼漫溯，都像黑夜裡企盼出發的旅人，手中握著未畫位登機證，以為可以有一個更好的去處。然而，「如愛上一個人／一起上路／才驟覺尚有一些心野／行程未想好／起點經已太遠……」

既沒有去處，也遺失來處，一顆心對半剖開，讓路過的人來來去去。

所幸陽光仍從遠方趕來，往機場的路上，曦色明亮無私地照拂著高速道路，穿越了遠山，越過車窗，抵達我的眼。

想起一些飄浮無狀的過往，未及拯救的二三事，不管如何，此刻，我都還是要離開了。有一種情感，不是純粹的歡愉或者憂傷，索性稱之為幸福的相反。

3床邊的樂隊

整整一季，我在城市裡尋覓一個落腳處：沿著不同顏色的捷運線，經由不同的仲介公司，握著長短不一的鑰匙，打開位於不同角落的各式各樣房子。

總是，從那些明暗的廊間穿越，或是電梯高低升降，點頭微笑拒絕，我抵達又離開。整整一季，幾乎絕望的同時，我終於在盆地邊緣，找到一個滿意的居所。

窗外，可以看見幾種層次的綠，它們一起撐起半熟的夏天；遠方綠意的裂口，則有一輛捷運正輕巧地駛過。我將房間漆上幾種白：玫瑰白、鴿白、百合白，想像該在房裡置放怎樣的家具，我又將在這裡開始怎樣的生活？

夜裡，山與天空都沉睡了，我梳洗過後，躺在嶄新床鋪上，睜眼望著天花板，才忽然感覺有些寂靜。忽然，置身陌生的空間中，覺得很需要一首熟稔的歌。於是起身找出《林一峰的床頭歌》，聽他用略帶些青澀童稚的嗓音，伴著簡單的吉他口琴拍手，一首接一首唱著。那裡面，有一種簡單的力量，像熟識已久的朋友，不知不覺就能聊個不停。

整整一夜，我的單人床邊樂隊陪伴著我。

天空慢慢翻白，山也醒了，床邊樂隊仍勤奮地演奏著。

或許正因為林一峰所唱的那些小小事：一場分手、一支雪糕、一趟鞦韆、一碗泡麵、一本日記、一種追憶、一句祝福……這些，是多麼貼身的感受——溫暖，執著，甚至適宜變成家具的一部分，陪我一起躺在玫瑰白、鴿白、百合白的注視之下，讓陌生感受淡淡與背景色溶合，讓城市像一個掌心托住天邊不安定的雲朵，讓天光瞬間大亮之際，身體深處最後一滴青春如同祕密的眼淚般流出。

4美好的陰影

天黑了，但香港的街道還是一樣燦亮。我們看完林一峰的音樂劇《你今日拯救咗地球未呀》，從灣仔離開，到中環的茶餐廳吃消夜。永遠不夜的蘭桂坊不知為什麼簇擁著許多人，他們有人扮成天使的樣子，背後有裝飾性翅膀，在人工燈光底下開心地笑鬧著；人群中間雜著內地來的觀光團，閃爍著驚詫的目光，和我一樣是外來者，一起注視著這個城市。

我的腦中有歌，是劇裡一個片段，林一峰在台上唱著：「愛是一隻大笨象，沉重但可愛……」然後，他把布幕上由燈光製成的大象輕輕一踢，大家都笑了。

如何可以把沉重輕輕一踢，然後人人都感到開心？

我很羨慕導演和編劇，這樣舉重若輕地講述生死、親情、往事、人生，種種放得下、放不下的命題。跑堂送來了我們所點的吃食，眼前還忽地閃過一些舞台畫面……林一峰的歌又總以童稚氣氛驅趕那些龐大事物，所以他唱著、表演著，歌聲像一張蘸過化學染料的試紙，伸進心室，浸透了心。

回到尋常生活後，我的腦中仍常想起那些歌。「你今日拯救咗地球未呀？」有如一句魔術的問句，我一點一點，蛛絲馬跡地，補綴起戲裡錯失的細節。每一次，聽懂一些什麼的時候，都忽忽有一種酸意悶在鼻尖。

在他後來重新整理、出版的同名音碟裡，耳朵複習著艱難的生命課題，聽簡單伴奏的旋律，像一頁頁被切割下來的情感標本，夾成扁扁的——就像陽光與黑夜均分了人生；或像貝克特說，這世上的微笑和眼淚是等量的。

我想，我也總能一次一次，像他唱的那樣，「幾多次感慨，幾多次心急心虛心痛心愛／統統都走過，那一切／仍能憑著回憶活下來……」

如果美好總是必須伴隨著陰影，仍讓我迎向前去。

1234567

6

1 馬德里之夜

初抵達馬德里的早晨，太陽門廣場前人潮來往，下午三點的午餐，晚上九點的晚餐，時間亂了序，旅人往來，我們一路向前，穿越十八世紀、十九世紀，穿越眾多咖啡座、甜點屋、手工藝品店舖、西裝服訂製店、呢帽專售店、紀念品賣店，來到主廣場。黃昏，淡淡的光亮起了，照著一整面牆上的人像壁畫。廣場上，街頭畫家畫著極好的油畫，紅黃綠藍，把各種顏色堆疊成濃烈。

雖然是內陸高原城市，但馬德里空氣中卻揚有海洋氣味，路過的美麗女郎身上是歐陸香水。天暗得遲，露天餐座的人們慢慢地享用麵包與tapas，老舊石板路彷彿可以折射，在路燈的橙色調裡，然後，主菜上了，畫家散去，街頭藝人尋好了自己的位置，維多利亞老媽媽，憂傷手風琴二人組，陣勢最壯觀的是一群表演火舞的少女，曼妙靈巧的舞踏之後，一團火便盈盈地旋轉開來。

危險與美麗總是並置，在令人驚心的同時，感到驚豔。

這便是馬德里嗎?那個令海明威流連的城市。

還來不及記憶街道的名字，地鐵已輕盈地帶領人們離開。抵達美術館，普拉多、蘇菲亞王妃藝術中心，看包歇縱情逸樂的〈樂園〉超現實述說性愛的變形；抵達西班牙廣場，塞萬提斯靜靜觀看來來往往的唐吉軻德，是否還有力氣發動內在的革命；抵達西班牙銀行，建築物外頭有眾神的臉，哀惘而沉靜，銀行對面就是大地女神噴泉，一年四季她都嫻雅地駕馭著獅子。

有時很難想像這是一座具有野心的城，十六世紀的無敵艦隊擴張了統治者眼裡的世界版圖；有時也很難想像這是一座剛經歷內戰未久的城，鮮血寫在街上，與寫在鬥牛場裡，是否都是相同的名字?我們穿越了二十世紀，走過東方王宮，見過畢卡索的〈格爾尼卡〉，聽歷史在耳畔淙淙作響。

不夜城馬德里，在天色掩暗後，不帶心事，繼續喧鬧。

人聲笑語淹沒了街道，各色人種在街上游動，車水馬龍長街盡頭，好像還可以看見格蘭維亞大道和阿爾卡拉街交會處，大都會大樓黑底圓頂的屋尖上，金翼天使飄飄欲墜——像阿莫多瓦電影《活色生香》裡，那個七〇年代的傳奇夜晚，一名女子在公車裡產下了孩子，她絕望望向窗外的眼裡，正好望見那一尊迎風振翅的塑像，情不自禁說道：「天使要跳樓了。」

2 橘子之城

從沒想過，原來西班牙的南方躲著一個橘子城。

當AVE列車自馬德里的阿多恰車站駛出，經過了伊比利半島南方的廣大丘陵地，我望向玻璃窗外，褐黃土地上起伏未平的視線裡，一株株排列開來的，橄欖樹。啊，難怪三毛要寫下那首總是帶著濃濃愁緒的歌：不要問我從哪裡來，我的故鄉在遠方……。

也從沒想過，原來，像塞維亞這樣一個老城，竟纏繞著不同時代的宗教背景與血淚。城裡的心臟地帶聖十字區，乳白色的房子，極親暱的小巷，一個轉彎就是一個迷你公園，在緊密的區段中，仍沿路種植著橘子樹。夏末秋初，尚未轉紅的橘子，小巧地懸在枝頭，像一個個還沒醞釀好的故事。

繞過聖十字區，穿越水與生命之街，街畔木椅餐盤的小店，一兩株正豔的扶桑花後，就是大教堂，以及塞維亞地標：風信塔。充滿伊斯蘭氣質的方型高塔，透露了這個城市的混合血統。高塔頂端，一個迎風的女神，神情怡然地捉拿著星辰，為人們指出風的行蹤。這應該是一個屬於女子的城市，如今沉穩安靜的塞維亞大學，就是昔時卡門工作的菸草工廠。舊的恩仇已經掩埋在時間的手勢裡，新的故事還沿著瓜達爾幾維爾河不斷蔓延。

就像當年，哥倫布亦是從此處出海，竟發現了新大陸。而如今，他無言躺在大教堂內的棺槨裡，由四位國王扶靈，供世人瞻仰。他閉起眼，也會想起航線上曾經有過的海風與大洋嗎？

黃昏之際，散步走過城北的蛇街，賣藝人已擺好了架勢，一動不動偽裝雕像迎接路過的眼光。或者在服飾店旁，一組打扮齊整的室內樂隊，就露天地彈奏起來。河面上最後一抹餘光漆過黃金塔的塔身，鬥牛場也掩暗了門，城南的西班牙廣場卻正要開張。夜色來了，挾帶著白晝殘餘的藍，在空中變換為漸墨的黑，半圓形廣場上水花噴濺，馬蹄達達，黃金色的光柱齊射向紅磚建物的高聳塔樓，建築物內壁，各式繁複如安達魯西亞語被拼貼的好看磁磚呈現微妙的回教風情，在藍與黃的對話中，無限夢境擴張綻放，光譜重疊，在樓面上輝煌、沉思，像是文明最永恆的訴說，在夜裡，如同一座不真實的蜃樓。

然而星星那麼遙遠地閃爍著，注視著這初燃的夜。在莫里哀投宿的旅舍前，點一碗家常濃湯，搭配店裡所懸掛的各式火腿，晚風吹拂過橘子的膚色，微酸地降落在席間。那湯，或許唐璜也喝過。當露天歌劇散場的人們走過聖十字區，芳醇的湯汁碰觸舌尖，隔鄰巷子裡酒館中，第一聲佛朗明哥舞正踏響塞維亞的夜。

3 迴旋塔

走在西班牙南方的小城塞微亞，確實感受到一種奇異的氣味：路旁盛開的木槿花、供應安達魯西亞美食的店家、馬蹄聲踩踏在青石板路上的輕快，在城中心臟地帶聖十字區小巷彎繞，每一轉折都是不一樣的風景。

唯一相同的，是每當抬起頭來，總可以從不同的切角，側面或正面地看見塞維亞大教堂及迴旋塔（Catedral de Sevillay La Giralda）。名列世界三大教堂之一、由大清真寺遺址改建，清真寺建築時間在十二世紀，而大教堂則於兩百年後於原址重建，這座花了整整一個世紀才琢磨完成的教堂，採哥德式建築，不過，迴旋塔和橘園中庭都還可以看出當時摩爾建築的餘影。

白日，時間好像也放慢了腳步，大教堂的肅穆莊嚴地透著光，那微妙難以言說的宗教性正靜靜揮發著，彩繪玻璃、安靜的木椅，四大國王為哥倫布抬棺，主禮拜堂擁有銀匠式風格。

一旁高聳的塔身則同時融合了素樸與華麗。此塔最初由從古義大利運送來的羅馬石建造，後來被阿拉伯人用磚塊砌成，並在塔樓的立面上加建了阿拉伯風格的網狀裝飾和多拱的馬蹄形窗戶。其後，基督教徒又在上面加建了文藝復興風格的鐘塔，使它融合了回教和基督教雙重想像。

隨著方形通道一圈又一圈向上攀繞，彷彿永無止盡。為了讓馬匹也可以登上塔頂，腳下的通道是簡單的石板。在方形裡溫馴迴繞，很像一種不應說破的人生寓言。好不容易，直到最頂，站在Giralda女神的注視之下，可以俯瞰整個塞微亞。

目光往南是美麗無雙的西班牙廣場，沿著大河往北，是環狀鬥牛場。旁側熱鬧的蛇街，來自世界各地的遊客接踵比肩。

有風，拂過高高低低連成一片的灰瓦屋頂。由於這奇異的高度，突然有了一種抽離，可以孤獨審視這城。卸下觀光客的身分，卸下驚嘆與狐疑，指尖輕輕觸碰塔頂粗糙的壁，想像多年前，也有人曾在此處留下一枚隱形的指紋嗎？

身後的大鐘，忽地傳來洪亮聲響。

晴朗的塞微亞，在歷史的今昔中，靜靜領受著自己的命運。它別無選擇地接受了哥倫布的出航、舊占領者的告退。

時空的改變，其實只是命名者的差異？

4 童話線索

不知道哪裡來的，關於巴塞隆納的影像記憶：清癯的少年奮力踩踏單車，長出翅膀般滑行過他的城市：俯瞰的鏡頭緩緩拉高，城市如同棋盤般方整，夜晚無聲，只有橙色街燈靜靜守護每一個想離開的孩子，以及他們苦悶無出路的闖。

又不知道哪裡來的自以為是，在某次看過建築師高弟的巴特由之家與米拉之家的明信片後，竟相信整個巴塞隆納，都會站滿這樣童話氣質的房子。然後，我便執著又無知地抵達了巴塞隆納。

九月的第一天，眾多店家都歇業休息，迎面而來的加泰隆尼亞廣場，瘋狂人群將國旗裹在身上，臉頰塗著各色油彩，他們開心地拉長了遊行的隊伍，狂歡、熱烈。風裡有淡淡海潮味，往蘭布拉大道直走到底，就是貝爾海港。未及港邊時候，先經過卡納雷塔斯噴泉，聽說凡是喝過這泉水之人，必將再返巴塞隆納。但我們只是觀望著，甚至不走近。然後，便是哥倫布紀念塔，他的手，指向出發。

晴朗的午後，什麼也不做，站在木板碼頭之上，看陽光彈奏著天空像誰的手輕輕敲擊一面玻璃，地中海清澈，不知名魚群集體悠游，好像把整片海都穿透了。坐在海濱的購物中心裡吃著冰涼的沙拉，忍不住就要唱起史帝芬・桑坦在音樂劇《與我為伴》裡所寫的那首甜美荒謬的〈Barcelona〉。

晴日過長，陽光又像透明油漆，漆著旅人的臉。我們去「四隻貓」咖啡，沒有遇見畢卡索，只有他留下的手繪菜單，仍供應招牌咖啡；我們去聖家堂，沒有遇見高弟，只有他留下的奇詭直聳的幻想建築，還在土地上不斷與人溝通著，而當爬攀內部迴旋的蝸梯到達最頂，強壯的風忽然掠過他雕飾花果與聖潔的尖頂，颳過臉龐，極冷。由上往下眺，一瞬間的暈眩彷彿高塔。我們去夢特惠克山，沒有遇見米羅，只有他留下的奇趣富有禪味的畫和裝置藝術，還龐大完整懸掛著，被遲到者觀覽。

太多的以為與錯過，終於必須承認：巴塞隆納從來就不是想像中那靜好微小的城。尤其當電纜車橫越山與山之間，大幅度降落，傾斜的視角是那麼適於展望這個臨海大城，一種磚瓦褪色後的紅覆蓋著：無限的屋宇複製更多的屋宇，整體性暫時戰勝個體意志的創造力。倘若我此刻有所懷疑，或許我應該先懷疑自己，是否已經喪失了在紛亂並陳中看見美好的能力？

夜色完整之後，陪著剛抵達的朋友挨家挨戶去找歇腳的旅館。

穿過古老的石板街，夜裡或已睡去的歌德式建築，冷眼旁觀的大教堂，夜晚九時，露天餐座仍然滿座，音樂和食物的氣味混合著，我們在四處碰壁的小旅館裡，聆聽西班牙人破碎、無法溝通的英文。然而，舊街的兩旁都是燈光嫵媚小酒館，年輕男女在裡頭喝一點薄酒，聽被陽光曬暖過，如葡萄液體般微醺的音樂。不知為什麼，走著，感覺好像會這樣永遠繼續在旅館與旅館間漂流，然而又像是並不焦慮或著急。城市是流動的，不是固體的，允許想像，時間也參與了舞蹈，我們尾隨其後。

5 陸上的魚

來到西班牙北方的畢爾包，濛濛街燈間接地沾著薄霧，即將靠岸的黎明已經鳴笛了。

循著修剪齊整的沿河步道隨意逛看，便可以遇見鈦金屬色澤的古根漢博物館，像一尾陸上的魚，安靜地在港邊擱淺。

那一年，第一次拜訪紐約杯子造型的古根漢博物館，裡頭除了陳設許多現代藝術，譬如我愛的 **Egon Schiele**，在二十世紀初期就留下來的生命力強韌與充滿掙扎痕跡的畫作；還在博物館一樓正中央，展示了即將竣工的畢爾包分館模型。彼時尚不知道建築師法蘭克．蓋瑞（**Frank Gehry**）原來已經在建築史上掀開新的一頁，只是單純地想望著一幢充滿流動可能的建築體，線條明亮，圓弧優雅。如今它竟巍然又夢幻地矗立在眼前。

搭配著大型鋼鐵多孕的蜘蛛，和花團錦簇的熊狗龐然大物，這一尾太空魚，並不打擾畢爾包的清晨時光，夏末秋初，空氣默默轉變著，我們繞了一個大圈，終於找到了鯨魚的入口，祈願能在永恆的神話主題中，靠近現代藝術。

雖然畢爾包前身為工業城市，擁有大量鋼鐵廠與造船廠，然而經歷凋零與轉型，此刻行走在微涼街道，卻比西班牙境內任何一處都要更令人安心。街上，有簡單節制的樓房，不喧嘩的行人，推著嬰兒車的婦人，吃過早午餐的老人，店家寬敞深邃，一襲鏤空綴滿落葉的披風，被立體掛吊在空中，濃濃的秋意就像被釋放的幾種不可見粒子，瞬間撲滿鼻腔。

沒有非去不可的其他行程，因此可以緩慢地觀看地鐵站。由福斯特（Norman

Foster）、卡洛特拉（Santiago Calatrava）等知名建築師，重新設計過的地下鐵、機場、橋墩與交通要道，彷彿修改了整個城市的空氣，因而散發出一種和善親切的氣息。坐在車站旁的比薩店，拿出背包中的明信片，霧銀色的古根漢博物館在桌上躺平如一個可以遙寄的窗。我在窗口寫下朋友的名字和祝福的話，搭配一杯尋常咖啡。寫字的時候，秋天就站在我身旁，像剛從發光的步行橋散步而來，與海鮮飯和tapas無關，與巴塞隆納甜蜜豆類飲品無關，與南方塞維亞的風乾火腿無關，與馬德里粗魯的波丁餐廳侍者也無關。但有許多風景就像被拉開的暗黃膠卷，在我的窗播放。

不知道當我寢臥在借宿的Petit Palace Arana Hotel，會否在窄狹陽台上面，窺見對面房間的夢？那時黎明的光線已經調亮，我的睡眠來不及煮熟，只望見那一尾龐大的陸上的魚，輕快地甩高了尾巴，往光裡逕自漫游而去，一點一點地，安靜地，消失。

6 我的阿爾法瑪

沒有任何理由地，迷戀上里斯本。

也許並不是沒有理由，當西葡酒店列車自馬德里北邊的查馬丁車站開出，西班牙的夜色平均灑落在遠方零星的建築物，濛濛的幾盞燈。沒有月光，連風景都看不清楚。我躺臥在搖晃不定的床鋪上，想像自己正在跨越西葡邊界，前往里斯本。

就為了那年，曾經看過文・溫德斯的《里斯本故事》。其實，連電影的內容都已記憶斑駁淡去了，卻老記得那一幕，錄音師抵達阿爾法瑪山區的朋友家中，人去樓空，白色窗帘身不由己地被風勾引，一張空床上頭寫著幾行大字：倘若在同一時間，不同地方，做所有人。揮之不去的一幕，像一杯涼了的茶，苦澀著我的喉間。難道是因為年歲漸長，愈能明白：身分，是一種表演術？

總之是義無反顧地出發了。時差中的里斯本，河面偽裝成海面，風中霧氣瀰漫的晨光，正如一個海洋城市所應該有的模樣。

Lisboa，明亮、寧靜的海港。

繞過龐大的廣場，搭乘二十八號老電車，駛離現代化，來到時光暫停的阿爾法瑪。踩踏在青石街道，高低起伏的街可以俯瞰海。偶爾逛進一間含蓄的店舖，一整牆都是音樂，民族風，搖滾，爵士，古典，我挑了一張裘賓的，Bossa Nova之父，CD封面上一隻螢光色長頸鹿，輕巧地躍過發亮的漸層海域。

比起馬德里，里斯本顯得規律且新，一七五五年的大地震陰影已經遠離，留在此地的是復健後的建築群，亮晶晶龐貝爾廣場與自由大道，還有四條不同顏色的地鐵，帶著人們地底穿梭整座城。地鐵站裡，並且透過彩色瓷磚，繪出不同的主題與意象。有時是同心圓，綠色的圓舞曲；有時是方形抒情，狀似走調後的溫柔戀人；有時是變形蟲，在牆上蔚藍地撒野。又或者，什麼也沒有，拜夏一站，潔淨剔透的白瓷，密密布滿整個環狀的出口，說不定能抵達未來。

夜色漸深之後，我走過習慣早睡的里斯本，打烊的咖啡鋪子與洋溢幸福感的水果店，搭乘一小段老式電車，貪覽異鄉街弄的陌生。在吃力爬坡的車身裡，想起我的阿爾法瑪，想起尚未去過的貝倫區與海角天涯，想起自己究竟該如何在同一時間，在許多不同地方，做許多人？

抽出一張明信片，我決定書寫，像一隻螢光色長頸鹿跳躍般地書寫，並且選擇聖母合唱團雋永吟誦的**Fado**嗓音，作為第一個字。

7 遇見佩索亞

詩人費爾南多・佩索亞（Fernando Pessoa, 1888-1935）與里斯本，彷彿是一個互相書寫的文本。他出生於里斯本，童年隨母親移居南非，十八歲那年又回到里斯本，在貿易公司負責譯寫商業書信、喜讀偵探小說、酗酒、終身未婚也幾乎沒有社交生活。生前只出版過一本詩集《信息》（*Mensagem*），但過世之後，編輯才發現、整理出他的大量遺作，成為葡語文學豐厚的資產。

「Pessoa」一詞，在葡語中是「個人」或「面具」的意思，佩索亞終其一生，也在實

6

踐這個字義。他曾經透過詩歌，創造出七十二個「異名者」（heteronyms），並為他們捏塑人格、性傾向、藝術特質與一套完整人生。而閱讀佩索亞較為人熟知的譯本《惶然錄》，就像翻開一冊生活質感濃密的里斯本導遊，他筆下虛構的人物伯納多．索亞雷斯住在商業區拜夏（Baixa）的四樓，從窗戶遠眺遠方碼頭、河上薄霧，空盪的大廣場，一條筆直偉昂的街旁，兩側林立著許多店舖、咖啡館、國際精品。

佩索亞在類日記體的《惶然錄》裡，前半部側面記錄了二十世紀初期的里斯本城市風貌：電車聲、攤販播放的阿拉伯歌曲、未建設完全的天際線……，後半部則翔實呈現了他黝暗的心靈景觀，那如此類似憂鬱症狀的「鬱悶」：「是沒有思想的思想，卻要人們竭盡全力投入思想；是沒有感覺的感覺，卻攪得正常捲入的感覺痛苦不堪」。不被理解的孤寂感，釀製了一帖最苦的情緒配方。

如今走在拜夏區，熱鬧依然，街頭賣藝的小男孩拉著手風琴，一隻小狗輕巧地停在他的肩上。時尚而明亮的人們穿梭來往——這其中也有佩索亞透過異名所創造的入世者嗎？他們是否仍為難以言說的抑鬱所苦？

夜裡，搭乘隨著矮坡向上行駛的老電車，時間的流彷彿也隨之緩慢靜默。「電車在霧氣中沿著一節節編號的黃色車轍，一節節地駛過去了」，途中有一名中年男子上車，深色西裝與薄呢帽子，他在老舊木椅上坐下。而我下車，心中默念佩索亞的句子：「我離開電車，像一個夢遊者離開了他的全部生活。」

6

二樓的人坐著看書

登上窄隘的階梯，迴旋在建築物內部，然後輕輕推開一道門。二樓，靠著西洋菜街那邊的窗內，撒下一地午後的飽滿陽光，二樓的人坐著看書，他們的身影浸浴在光裡，這是盛夏的香港。

幾回來到香港，剛好都是夏天，記得那年九七大限，香港回歸中國，再加上臨近世紀末，走在亮晶晶的賣場與商店裡，我忽然強烈想念起台灣的書店。朋友於是帶領我來到人潮交錯的旺角街頭，不是要去信和中心湊湊青春戲碼，也不是為了「全城至抵」的影音光碟，我們走進行人步道旁，看似不起眼的商鋪入口，穿過守門的老婦，纖體瘦身的美容廣告，來到張貼著許多書訊的一面牆，推開漆白的木門，朋友笑著說：「這就是香港的二樓書店。」

不似港島上方人工種植的現代摩天樓群，也不似四處林立的密集屋村，更遑論造型設計都體貼與華美的購物中心，想要閱讀的人，走進這一方窄小而老舊的空間，不知會不會有一種回到過去的歷史錯置感受？然而，迅速抓回我的注意力的是——除了某些香港本地的出版品外，在同樣使用著繁體字的香港，絕大部分的讀物，其實都來自台灣。一方新書平台上，琳琅滿目擺放著的書項，與台灣出版日期相差並不遠。而同時也因為退、補書的不便，多半來到香港的書籍，就在書店落地生根，直到被有緣人帶走的那一日；是以，偶爾我也能享受找尋絕版舊書的尋寶樂趣，當發現某一本自己想望已久的散文集，沾了灰塵靜靜站在群書之間與我對望，那真是充滿魔術的一刻。

更大的樂趣，當然就是尋找某些台灣不易買到的香港作家作品。九七那年，我買了李碧華的《630電車之旅》，看一個充滿鬼氣的女作家，如何用她的傻瓜相機，一一記錄香港回歸前後片段。二樓書店裡，榆林書店紅葉書店田園書屋，一家家逛過，把董啟章早期的小說集找出來，他很難買到的《V城繁盛錄》或後來出版、以故事講述文字創作心路的《貝貝的文字冒險》，都趕緊拿出口袋裡的紅衫魚百元鈔買下。鍾曉陽或黃碧雲早期的一些散文，也是難以覓得的，前者是那麼擅長敘述又惜墨幾近停產的才女，而黃碧雲雖然在台灣一直有小說面市，舊作如《我們如此很好》或《揚眉女子》也都如同台灣創作者面臨的問題一樣：縱使讀者有心找尋，也難以在書店中發現了。

此外，香港出版社，也有規畫地發行一系列性別議題之作。我買到九六年便出版了的林奕華《太多男人太少時間》，他以非常嫻熟的文字處理二十個短篇，羶腥不忌一如南丫島舖檔裡的海鮮。其後還有像邁克的《男界》偏重觀念講述，葉志偉新出版的《突然獨身》搭配歐陽應霽簡落乾淨的圖，暗合流行文化與術語使用，說出一段香港男同志情事。

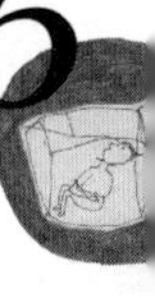

偶然在G.O.D家具賣場拿到的一冊《E＋E》雜誌，是香港另類教育牛棚書院的文化季刊，該期剛好收錄了年輕詩人廖偉棠的擬古詩作，與唐宋八大家作品對話，而他的個人詩集《隨著魚們下沉》與《花園的角落，或角落的花園》裡，其實那麼具備民歌性，像游移的長風穿過現代的廊。

除此之外，少見的由香港當地評論家所著的論文集也是蒐藏的對象，一系列由OXFORD出版的著作都教人愛不釋手，有些誠品書店也會引進，但如古蒼梧的《今生此時，今世此地：張愛玲、蘇青、胡蘭成的上海》、陳潔儀所著《閱讀肥土鎮：論西西的小說敘事》，或是也斯描寫七〇年代台灣的《新果自然來》就較為少見了。來到香港，又怎能錯過張愛玲與西西？《傾城之戀》裡的清水灣，《飛氈》裡濃縮過的港島故史，都幻化成眼前的實景，此地的居民、文化，哪怕經歷過百年殖民，都沒有失去最傳統的某些部分，還鼓鈸喧譁著啊。

再度造訪香港，二〇〇三年七月一日的五十萬人大遊行剛過，地利店裡，販賣著港幣一元的特刊，大大的標題寫著「歷史的見證」，密集蜂擁擠滿軒尼斯道上的人民以行動抗議二十三條立法，要求一個未來。在那想望中的美好願景裡，應該也包括可以自由書寫，或在午後飽滿陽光中，臨窗翻讀一頁自己喜愛的書吧。

二樓的人坐著看書，讓窗外的繁囂城市繼續，字裡行間已有足夠的去處。

膚色歧路花園

黑夜裡，曼谷比想像中還要更安靜一些，偶爾在賣著荷花的街角轉彎，繞過鼎鑊間正熾沸的熱食攤子，還可以遇見閒步踱來的大象。象的主人跟在旁側，隨手抽出幾束青草，大象接過零食，慢條斯理地咀嚼著，街畔是四處林立的飯店、餐館，各自散發幽微的光芒，街的盡頭，銜接著四通八達的空鐵。然後，當夜晚翻過時間的背脊，咖哩味、越南味、異國風的食店都打烊了，曼谷就更像一個淨空的盒子，靜靜漾著微涼的夜。

都說曼谷是未經戰亂的天使之城，來到空鐵的南方第二站（S2），一出車站，沒有遇見任何天使，只有濃濃熱氣迎面撲來，形形色色的遊客挨擠著，甚至可以感受到溫度的摩擦。節拍強壯的電子樂已經失去節奏，更像一顆吐出來的心臟在街邊放聲吶喊。混合著聲音氣味，兩側放眼望去、相連到街底的攤販，盜版光碟、燈飾、鐘錶、衣褲、紀念品，以及，隱藏在攤販後面，一個又一個穿著清涼比基尼的女人，她們在螢光與鋼管之下扭擺著身軀，彷彿只要隨著音樂振動臂膀，就能效仿魚族游入街心。這裡，便是曼谷的情欲核心：拍澎夜市（Patpong）。

這也就是為什麼，明明拍澎夜市裡的商品，都要比北方的翟道翟（Chatuchak）市集貴上一倍，遊客卻還是絡繹不絕的原因吧？

在滿溢東方意象的歧路花園中，如何滿足來自世界各地的膚色？曼谷的比基尼天使跟《美國天使》裡從天而降的安慰一樣，以龐大的女性隱喻存在、擴張，提供浮世男女一場情色追逐與想像。

整個拍澎夜市只是一條街，直走到底不過二十分鐘，卻要努力穿梭過許多攤販叫賣聲、肉體兜售聲，揹客手中拎著一張護貝薄紙，操各國語言，問你要男要女？他們手上的名冊，鑲有一幅又一幅赤裸身體，夾雜著街旁白晃晃燈光，咕噥柔軟的泰語，好像在穿越微型的磁波。街底立著一尊四面佛，不論人聲嘈雜，依舊靜靜守護著人間。

不想往回繞的話，四面八方逛開都是難以計數的食色店舖，攤子上擺著炸昆蟲與波羅蜜，香腸或瓜果。而迷宮般無盡延伸的街巷中，女體男身當夜晚更深地覆蓋之後，褪去衣物，只剩下無以名之的膚色。

逛完拍澎夜市，我踅回空鐵車站，拎著幾樣隨興買來的物項：貝殼風鈴、臥佛別針、胭脂色僧褲。從車站上方回頭眺望街道，我想像有一個又一個的肉體在旖旎夜裡綻放，那便是永遠無有出口的歧路花園。

火宅清涼

曼谷四季如夏。

都說這是一個充滿微笑的城市，街邊散步的大象，閒來無事的年輕男子，現代化的大樓與沿街的小販……彷彿在熱炒與燒烤的溫度中，曼谷又更熱了一些。

夏天是蹲踞在城裡隱形的獸，唯有風來的時候，火宅中忽然綻出一點清涼。又或者，剖開一粒胭脂椰，讓柔滑的汁液冰澈肺腑。

雖然熱，但是城市裡瀰漫著一種祕密的快樂氣氛。好像有些東西，是那麼事不關己，有些東西，又是那麼無關緊要。

學會了微笑，懂得了放下。

就像有著強勁冷氣的空鐵總在城市上空輕快地移動。

可以選擇往北抵達大型市集：翟道翟。二十六個區域，滿滿的、無法盡數的商家裡，認識泰國的蟲魚鳥獸、民生飲食、休閒娛樂、精品雜貨。感受南國的豔陽親吻遮棚，在底下漾著無法蒸散的熱氣，然而每一條街都通往更多的街，每一個店都連結著更多的店，數千個商家一起呼喚著過路人。見識過道地的織物，轉角便有綠蜥蜴與烏龜在瞌睡；在風情萬千的咖啡館隔壁是一整面牆的方型蠟燭，然而隔兩條街還有新摘的蘭花與荷城的西部，佛在夏天的光影裡慈眉善目。

空鐵往南，可以抵達拍澎夜市。暫離色情大隊，對街往南直走，一間練習瑜伽的學堂，有全曼谷最棒的芳香spa。傳統典型的二樓建築，一樹綠葉下可以褪去衣物直率地沖涼，還有各色精油透過雲朵般的指尖傳遞溫柔。一杯暖暖的泰式Herb Tea，讓疲憊的身體願意借放在世界角落。

或者再更南，來到地鐵最後一站，換搭小船，趕在夜晚接管之前，看湄南河上的夕陽一吋吋被河水吃掉，橙黃色和淡紫色辯論，然而黑夜大獲全勝。那時兩岸的飯店群都亮起夜燈，世界搖身一變，風情無限。

暑熱的夜裡，讓舌尖被咖哩口味點燃，各種廉宜美好的餐點就像陌生但友善的禮物等待被拆閱。回到Siam一區，沿著齊整的街道逛開，可以遇見青春族人，可以閒逛無語，也可以靜靜地讓熱氣像一道符咒貼身。

四季如夏的曼谷，有如一張不會褪色的地圖。

只要一個輕輕抖開的手勢，那些光影、氣味，行走的人與飄散的熱度，迅即回到眼前。那是人間最甜蜜的火宅，一個路過的微笑，就可以是清涼的救贖。

春日經由（寄自日本的二十一張明信片）

1 寄給你的過期明信片

當時間把我們的眼睛與氣味都收回，還有一行祕密的文字在曠野與都市的交界茁長，也許有一天會像壞人一樣遇見好人，像美滿一樣遇見破裂，像膚色一樣遇見種族，像魔豆一樣遇見雲。

2 如果我降落，剛好在東京

樹木都抖落了冬天，春意還未穿戴，赤裸的枝椏像枯瘦的手臂伸向天空，然而空氣是透明的，即將來臨的夕照也是，透明清脆地給予，路旁有矮矮的人家，剛放學的國小學童，幾輛壓著柏油路的單車，乾淨的自動販賣機。瑣碎細節在構圖，大的街道啣接小的街道，空港離開後是真實的港，還未入夜的彩虹大橋長跨著人造港灣。早春的空氣有一種不由分說的寒意，然而我的心裡有一種花朵正簇簇地小規模燃燒。

3相逢有樂町

我的耳邊沒有舊殖民時代的音樂，只有叮叮叮蘋果綠山手線載著我離開。有樂町驛前是巨大的無印良品，樓下入口處是各種叫不出名字的「花良品」。地鐵車廂裡標示著此時此刻是花粉熱季節，但各種顏色忍不住要盛開。那些完滿與否的情感也都身不由己地盛開。人與人之間，充滿接縫的拉鏈。夜暗之後沿著虛線惶惶然走到銀座，滿街人潮像失散的親族不尋找彼此。我手無寸鐵。

4木村家夕食

臨桌，是一對戀人與一個母親。我隨意簡短發揮敘事，給他們身分和情節，無關桌上的沙拉小牛排飲料咖啡。這是一對即將結婚的戀人，他們來到男人幼時與母親慣來的店家，點一份親切的餐點，長笛和服務生都來了，在夜間八時一刻。是拘謹但難以迴避的場合。餐後，各自搭乘不同管線的地鐵，女人握住男人的手，掌心扣合，母親與他們背對背走遠。

5眠眠打破

東京夜晚，我的窗口，可以看見未眠的品川驛。許多明亮車體停靠在規畫仔細的線道

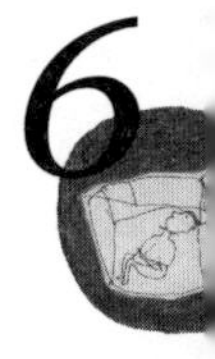

邊。沿著路像箭一樣劃開，黑暗的盡頭是東京鐵塔。橘色塔身雙曲線。車過品川時分，我的窗口便輕輕地震動，像一種有節制的問候。便利店裡販賣一種提神飲品，取了一個好聽的名字：眠眠打破。我剛從失眠的地方前來，極需要一隻神奇的縫針，把我被打破的睡眠縫好，最好可以再織進幾縷七彩斑斕的，夢的棉線。

6 隨身聽

收起慣用的隨身聽，裡面裝有一千三百六十二首歌的檔案。在熟悉的日常中，那是每日陪伴的聲音，聽著，會感到安心。然而來到異地，便想要聽聽不熟悉的東京腔，電車和電車偶爾擦身迸發的尷尬，硬擠上車來的中年痴漢，播放中的不知道名字的下一站。

7 涉谷回甘

走出涉谷車站，迎面而來的人潮瞬間像海浪。涉谷年輕，銀座老熟，新宿市儈，這種說法老早有人傳誦。然而當與太多青春的身體靠近，才真正被迫看見青春是怎麼一回事。那身體，將不能夠抵抗時間的嚴刑，卻在時間到來之前，歡愉地盛開。只那麼一瞬，就值得了。

8 一日吉祥

走出吉祥寺車站，離新宿約莫十五分鐘遠，抵達一種人工的情調。早春的寒意寫在街上，乾淨而透明的冷，像國王的新衣開心地穿上。小小的店家賣著不同的雜貨。貨品永遠推陳出新，永遠迷人，永遠帶不走。街道也帶不走。但是一整天都很吉祥。穿過井之頭公園，一大群鴿拍著天空。翅膀的縫隙裡有光在洩密。橋旁有一個湖。小小的泛舟很自在、很無辜。我走過乾枯的枝，一整面的枯木密布，他們都約好了嗎？再往下走，山吹草的枝頭已綻放花朵，有幾分神似櫻花。再往下走，經過家庭主婦與嬉戲的孩子，就是三鷹之森美術館。宮崎峻動畫裡的人物都在此恭候。不論是大型的龍貓巴士，天空之城的孤獨機器人，它們都共享一個和平的黃昏。

9 六本木之夜

六本木不只有六棵樹，我算過，恐怕超過十三棵。從地鐵站鑽出地表面，一隻與畢爾包古根漢美術館同種的鐵蜘蛛，巨大地盤踞在建物之側。是因為牠的繁殖力嗎？或是喜歡牠細長陰幽的造型，可以對襯出都會冰冷的玻璃帷幕？朝日電視台旁，新建好的六本木之丘，是東京鐵塔的新鄰居。瘦長的五十六樓層之頂，就是森美術館。電梯直達，除了可以賞玩東京夜景，還可以參拜現代藝術。現期展出的是草間彌生個展。她採用有點普普風格、簡單圖騰放大，讓素材呈現，尤其喜歡鏡像世界，在她的作品裡那些極簡花紋都像是獸的紋路、蛇的斑點，或是草履蟲，但乖巧地附著在人物或衣物的表面。我最喜歡其中一個作品：兩面鏡子，中間一串梯子，抬頭向上或下看，就已經希望無限；又像是前世與今世，現世是惘然的無處可逃的夾層。或許就等待一次強烈撞擊，一次毀滅。

10 疲憊摩天輪

海鷗號出發。穿越東京灣。台場。江戶溫泉物語。夜暗之後，彩虹大橋變換顏色的種類。大摩天輪依序出發，載著悲歡離合，酸甜苦辣。小小燈泡也組織成不同的色澤，疲憊地像淚水，迷離地無說法，總之是夜晚裡黑空中一朵花。栽種在港邊的毒花，遙遠地，為路過的人生綻放。

11 誰的青春原宿？

走在美麗依然的表參道，卻怎麼也想不起那年自己是怎麼在這個異國的街，度過許多個午后。方向感迷失，連熟悉的店家都失了記憶。巷弄中有許多特別而設計感的小店，陽光的密度和質感都無可挑剔，連風都是溫柔的。不那麼心急了，像二十歲的自己，總要急著多知道一些什麼。已經是知道偶爾要放棄一些，或許反而或多或少可以得到一些。比較意外的是，整片青山公寓都被拆掉，那美麗的、長滿爬藤的老屋子。

12 代官山

美麗晴朗的東京黃昏又出現了。陽光傾斜，光影巡邏員在天橋的舊海報牌招上前進，剝落的紙頁，模糊的字體，無法讀取的意義。永遠翻不到下一頁。閒走的人員，飛翔的街道。黃昏，大廈旁的玻璃體亮起顏色不同的燈，黃綠橙紫紅白。像發光的冰柱體。還有一個微微呼吸的坡，向下，等著一輛單車碾過。

13 離別的月台故事

東京下雨了，我拉著笨重行李，穿越下雨的街，與一千個西裝領帶上班族錯身。看著陰濕的場景，搭乘著光之列車，雨水下在每一瞬間。沒有故事發生，整齊地等著列車開來，手中握著早餐，熱牛奶咖啡、三明治，秩序和精神。開往神戶的新幹線，車體上面寫著，東京經由。

14 神的窗戶

從神的窗戶往外望，會看見什麼？眾生耳語，雲的迷走，還是一場沒有結束的嬉戲？

到了神戶，撲面而來的是不一樣的空氣。有山的味道，空曠的月台，少量的人。與東京相較，突然空曠起來的密度教人措手不及。晚上去了神戶港，馬賽克城旁邊一個小的遊園地空盪盪，只有明滅不定的燈光兀自慶祝著。店家都拉下了鐵門，除了少數餐館，隔窗看著歇業的商場，有一種奇異的安心之感。好像，不能再改變什麼了。

15 夫婦善哉

大阪的甜食店「夫婦善哉」。果真是小店，只能坐十個人。坐定之後，店家會端來一個小盤子，每一個人都有兩碗紅豆湯，左右對稱地擺放著，淺淺的甜蜜紅豆湯汁，中間擱著一粒軟硬適中的雪白湯圓。並且，附贈兩片梅初音（類似沾著粉、略鹹的硬海帶），應該是中和甜味用的，因為真的很甜。走出店外的小巷，便是心齋橋。想起上一回我站在這裡是十年前，初抵異國的第一夜，有年輕的流氣男子在橋上對路過的高校女生搭訕。眼睛所及，什麼都新鮮。世界好大，什麼都想知道卻沒有合適的鑰匙。

16 夜間演唱會

要走路到JR大阪驛去搭車時，發現天橋下有鼓聲流利地敲著，還有人聲唱歌，結果是一個叫Strange nude cult的三人樂團，他們的貝斯手和鼓手都不賴，最棒的是，在寒風中聚集了各式各樣的人：學生，上班族，行人，女孩，老人，發傳單的小姐，當他們的歌音劃破大阪之夜，前頭聽歌的人也都輕快地擺動著身體，好有節奏，好愉悅，一起享受一首歌的時間。表演結束，我忍不住買了他們的CD，還請他們簽名，Bass手簽完名還跟我說：每個火曜日晚上都有表演，在這個地方，歡迎來聽。

我沒有告訴他，我只是一個路過的旅人，明天就要離開。

17有馬溫泉

開往溫泉口的列車。沿途可以感覺是漸向山谷，搭車的人也稀疏，下車的月台窄小而有一種歸鄉的溫暖。拉著沉重的行李箱，艱辛地來到了位於陡坡上的溫泉飯店，陵楓閣。掌櫃的歐幾桑居前帶路，其後，親切的歐巴桑來上菜，她好親切又興奮地開始比手畫腳，堅持要介紹每一樣東西。晚餐名喚：「等待春天」，一共有食前酒、初、肴、菜、凌、椀、鮮、鍋、燒、酢、食、止椀、香物、水物及煎茶一杯。也可擁有啤酒或清酒。繁複的懷石料理意外地非常好吃，前菜很精采，螢光烏賊很實在，生魚片是櫻花鯛很鮮甜，鍋物裡頭有嫩筍、松茸菇、海帶、紅蒟蒻、綠麻糬搭配得很好。另一個湯附有菇類山珍也很美味。最後，竟然還上了燒魚、豌豆飯、新鮮漬菜等，一共分三趟才把食物送完。

房間外頭是一片樹林，裡面則規畫出眾多隔間，有玄關，玄關旁有洗手間、小壁櫥，裡面有一個可睡覺的房間，外頭有喝茶間（含冰櫃），再連接一個洗顏間，再裡頭才是浴室。飯店所附的，是個普通的溫泉室，一片霧濛濛。但池底瓷磚不知什麼緣故，泛起了美麗的魚鱗色。戶外的露天浴池是此地特有的鐵泉（又稱金湯）。

隔日，踅過老街與溫泉寺，又從有馬溫泉搭北神急行，邊看著窗外一驛又一驛遠去的晴朗風景，紅色車身古樸，綠色軟墊座椅舒適。

18 山手線

坐在慢慢前行的山手線，忽然想起我們的島國南端，也有這樣的電車車廂，慢慢地開過能辯識的每一站，窗外有魚塘，水腥味當車門倏開時會撲鼻。然後是莽撞年少的鐵軌好像永遠不會老。

19 清水寺

走上二年坂，望見清水寺仍然那樣佇立，真使人放心，新擦的漆是亮橘色的，襯著天空真是好看。買票入寺，見已熟悉的所有不變風景，買已買過或已擁有的幾款御守，買下祝福。又去地主神社，拍戀愛占卜石，又去拍清水泉頭，旁邊多了一些座席，鋪著紅色的毯子，販賣此地特有的湯豆腐。逛完後，從清水坂慢慢走下，晴朗陽光中，雨雪霏霏。我走過三年坂、二年坂，那些美麗的石階，週末的緣故，遊客很多，細雪與雨很難分辨。

20 米原遇雪

車子快速地駛離京都站，真使人感傷啊，離別總是感傷的，這一次也不例外。眼睛還來不及適應快速變換的風景，卻發現窗外是一片白茫茫的雪覆世界。車子快速地跑，飛雪沒命地飄，雪光倒映天光，四處都透澈瞭然。列車靠站，我站在門口，發現雪花真的會飛舞，在風中宛若旋轉，或是風一來，便整個吹入了車廂。

每個人生命中都應該有一場初雪，而我已經遇上。

車過米原，仍是大雪亂下，誰知道，只有一站之距，雪便沒了，晴朗復現，但看得出來是冷的，煙囪吐出的煙都好緩慢像停格一樣凝在空中。

21 成田離開

轉搭成田特急往機場，時正黃昏。美麗的東京特有的黃昏的光為每一層建築物鍍金。車子飛快地奔向千葉，溫柔而坦蕩的光芒也無私地灑向每一個人。這是感傷的時光卻也是幸福的，我在東京的列車上，不那麼怕黃昏了。在淡紫色與橙黃色的底色之上，是一種我的形容詞也調配不出的淺藍，它說明了晴朗。大而明亮的太陽，滿滿地懸掛在地平線遠方，有學校有河流有百貨，有人群有罪惡有藉口。

我知道我即將起飛，經過發亮的東京，飛過名古屋，富士山，博多與夜海，飛過美味的甜食與深山被守護的森林，或者是獸，飛過他們的文化表紙與河道裡的血緣。我在飛機上無國籍，但閱讀的文字種類會洩露，我享用飛機餐點，有充滿日本食堂味道的大根鱈魚，沾醬的涼麵，飾有櫻漬的蛋糕。

我喝下林檎汁液，要了牛奶香甜，我使用書寫，遲到的明信片，像一葉薄薄的透明之書，我將書寫，或被書寫，我會偷偷地降落。

然後，跨過時差，獨自回家。

清水燒

一只杯子，從買回來之後，跟著我搬了幾次家。在京都清水坂買的清水燒。杯身有著很好的釉色，像一張攤展開來、簡樸低調的和紙，上面除了高溫燒就的紋路之外，還有水墨似點上去的幾顆櫻桃。它最為人喜愛之處，絕非紅豔欲滴的櫻桃色，反之，那幾抹櫻桃就像是經歷過滄桑、悔恨，緊緊咬住一段不可說之事般，已釋然解脫地橫綴在杯身之上。由於是一只用來喝茶的杯子，杯身延伸出一段杯耳，闊而圓的杯耳剛好可以伸手握住。

買下杯子的那一天，是早春的京都午後。沿著低溫且不知第幾回造訪的清水寺走繞，天空陰霾欲雪。走過保祐的瀑泉，踅過賣京豆腐的舖子，沿街走逛，接踵的冷空氣中，有一種奇詭的香氣淡淡地氤著。

臨時起意，走進一間並不起眼的店家。卻意外地遇見這個杯子。

一只屬於我的清水燒。

我將買來的杯子揣進背包，天空開始下雪，整條老街像一個寧謐的夢境。

回到尋常生活之後，陷入一次又一次地搬遷，為了新的階段、工作，和一些自己也不明白的生活瑣碎。島嶼上四處來回，始終沒有找到一個合適的機會與心境，去為自己沖一杯茶，用這只美麗的清水燒。我從那裡搬到這裡，又從這裡搬到那裡，杯子在不見天日的暗處蒙了塵，偶爾打掃時瞧見，總心生愧疚地拿出來撫拭一番——想必也有一個物質之我，在生活的隱軌裡灰頭土臉吧？

又一次不得不的遷徙，因為打包時間的匆促，我將其他眾多喜愛的杯子，與這只完全沒有用過的清水燒，輕簡地包捆在一個大方籃中，待搬遷就緒，像是拯救自己孩子一樣，一一將它們從毛巾、厚布裡救出，看著杯子完好無誤的初生模樣，好像它們隨著我又投了一次胎。至於那京都買回來的清水燒，因為匿藏在完整的紙盒裡，索性也就將它擺放妥當，心想，等到一切安置完畢，一定要找個合適機會，好好地拿它喝一杯茶。

終於來到了這天，我在陰晴不定的天氣裡，買了一缽新茶。是一種從前很愛的口味，茶裡混有甘草根與薄荷葉。正打算沖茶之前，我忽然想起，那只閒置多時的清水燒。於是，滿具期待地掀開了紙盒，打算讓這個杯子開始與我的一段旅程——然而，那隱藏在生活細縫中無所不在的破壞何曾離開呢？只剛剛拆掉包裹著杯身的厚棉紙，我的指尖已清楚地發現，杯耳斷裂了。想來，是最後一次搬遷的過程裡，因為某些未曾細想的粗心，它已經默默被損傷。

生活裡還有多少這樣以為完好、其實早已毀損的片刻？握著斷耳的清水燒，我讓甘甜的茶汁帶著微溫，輕輕滑過喉間。

6

晴日電車

春日京都，仍醞釀著雪。

夜裡回旅館的街道上，因為寒冷，踅進一間便利商店避寒，幾乎不想開口說話的低溫。手裡握著罐裝咖啡，凝視窗外，可以感覺到有霏細的結晶物緩飄下來，還算不上雪，但幾乎是。原本打算從河原町一路散步回來，終於是放棄了。儘管如此，旅館對街那間天婦羅拉麵攤子仍未歇息。門口一個小小的綠色告示牌，總會有矮胖可愛的手寫字，標記著一日大事。

想像有一個工讀生，每天都要像記錄心事那樣地認真謄寫著，路過時就著暖黃燈光一照，燃出淡淡的甜——

「三月以來，今天實在蠻冷的啊。櫻花，漸漸要開了。到了中旬，會呈現一種滿開的狀態。又，看見新聞說，有花粉症的朋友，可以多喝蘿蔔湯喔！」

就像是獲得友人寄來的叮嚀般，夜裡可以安穩地睡去。

只一夜，天就大晴。醒來，將手掌心貼在玻璃窗上，探測溫度高低。冷。依舊是冷。

但前一天的陰霾已散，解析度良好的陽光像曬過的微笑那樣爽朗無私地攤開。決定搭上地鐵，往京都驛轉車，去奈良。

晴日電車，靜靜泊在車站的一軌。奈良線。從天空俯瞰的話，這些軌道會像等待被彈奏的琴弦嗎？軟座、細絨的布皮。車內烘散著暖氣，不那麼覺得寒。大片玻璃之外，可以覺察到陽光努力穿透車廂的接續處，轉彎折射、撞跌到地面後就歇在那兒，不說話。

開往奈良的慢車，每驛都停。車身像一個友善的窺密者輕快地穿越，兩側就是住家後院，每一次穿越都與他們的院子極其靠近，偶爾看見未謝的梅花點點，彷彿聞到香氣飄來。

想像即將前往的地方，像河瀨直美拍《沙羅雙樹》的片末，鏡頭緩緩騰高從天空俯望下來，奈良的山綠色，還有一整片密密林立的樹？想像樹林裡有鹿。我翻開手上的散步對策，一一唸出鐵道上的名字：東福寺、稻荷、桃山、黃檗、宇治、小倉、城陽、山城青谷、山城多賀、玉水、棚倉、上狛、木津、奈良。多年前的奈良印象已經模糊難辨，晴日電車將要帶我去哪裡？

□

奈良驛前的三條通，一條非常細小的長街。不誇張的店家，不熱鬧、也不時髦，它們自有過日子的節奏與方法。往春日大社走去，約十五分鐘，可以見到離群的鹿和清澈無塵的陽光照射，穿越表參道，敞寬的道路旁延伸出去是一大片樹林，鹿群像秩序井然的字母，從遠方跑來，輕快地奔過我的眼前。牠們究竟要去哪裡呢？

綠葉之下，一盞又一盞的石製祈願宮燈，燈身上寫有信徒的名字。

抵達春日大社，靜好嫻雅的春日荷茶座裡有一張張像課桌椅般乖巧的小桌子，它們整齊有距離地排列、沉默地迎接著斜陽的照射，光像緩慢移動的色譜，菊水院旁左轉，繞過一個池塘，就是奈良町。

身為奈良老街，奈良町真的就如《沙羅雙樹》裡的場景，整齊中有歧義的小巷，一間又一間精美的小舖子。收起散步對策，索性胡亂走逛，來到御靈神社前。由於整個神社的位置和角度，實在太像電影裡面，小男孩跑去跟爸爸說，他的雙胞胎兄弟不見了那一幕。我在神社四周繞了又繞，不敢確定，最後，終於鼓起勇氣問旁邊水果店的老闆：是不是曾有部電影來這裡拍過？

彼此語言不通地抓住一些關鍵字，老闆露出苦惱的臉，和力不從心的表情。他像是打開了腦中所有的抽屜，從零亂的物件中，試圖找出我要的場景，然後一個「O」的發音慢慢從他的嘴裡吐出來——啊啊沒錯，就是這裡！不過，電影裡可是分成好幾個區域拍攝的喔。老闆熱情地帶我前往轉角處的一間雜貨店，介紹另一個語言同樣不通的男人和老婆婆，我們比手畫腳無法溝通，最後只好拿出地圖，他端詳半刻，終於在密密麻麻的圖示裡，指出一間豆腐店。

豆腐店？電影裡有著微妙身世的女孩，就是在豆腐店裡長大的啊。

於是，彎進水果店旁的巷子，豆腐店現身了，那條故事裡的男孩女孩奔跑過的小巷，名為元興寺舊跡的美麗小巷也出現了，電影中藉著美好夕陽作為背景，他們獻出初吻的方形木屋子旁，一切都是那麼似曾相識。隔壁緊臨著的工房，更像是男孩家裡的景致，也許裡面那個供應下午茶的茶座，就是他們家人曾圍坐吃飯的地方。

靜好的小巷在眼前一條又一條展開，不知道路名也不甚重要，行走在奈良就像一場輕快的夢遊，感受堅硬的冷在風中被勻開，臉上、身上都搽畫著顏色，想要留住時間，但陽光就一點點地消失在鹿群離開的地方。

工整的街道盡頭，廣角地眺望食堂瓦片屋檐上方，晴朗地升起了月亮。

□

就像某種規定好的度量衡，不能輕易破壞盛裝物的質地一樣，黃昏與夜晚的接縫處，許多店家已經關上大門，不再營業。果子司裡販賣的小巧草色烤丸子、繁複瑣碎包裝起來的諸多細節、婦人講究的和服與輕聲細語的口氣、食堂裡美味的綜合烏龍麵……，都隨著夜色落幕。

多年前曾經去過的一個寺廟，無論如何再也想不起它的名字了，只記得有一種巨大的鹿仙貝，要讓遊客可以餵食。小心鹿飛出！路旁仍架設著這樣的警告標示，會有什麼樣的鹿，突然出現在人生中途？

踅過幾間迷宮般的即將打烊的商場，那些夢境裡的掛飾並沒有任何指路的功能，在一家日式速食店坐下來，喝一杯熱咖啡。空氣中瀰漫著一種玉米湯般的香味，佐著食物的烹調氣息。仿莊園式人工設計用餐區，攀著造假的綠藤蔓。

一場混亂夢境的結尾般，窗外街道忽然出現了大量的遊行隊伍。四周早早就打烊的店家，使整個奈良像是睡著了一般，還有誰在那裡喧嘩作響呢？相當贅長但井然有序的隊伍沿著街道拉開，往前是奈良驛，右轉是奈良公園，擴音喇叭聲播放著我無法辨讀的訴求語。慢慢地，遊行民眾縮短了隊伍，集中到大街旁一處空出來的廣場，許多穿著深色西裝的男人們，神情專注地望著台上的演講者。

我不能參與，身為一個路過的人，只能旁觀、靜望，不參與此地任何政策：一幢老屋的修改命運、水道的走向、雲朵的班次。

夜晚之後，月亮靜靜泊在城市上方，像一個閒來無事的婦人，換上輕便的衣衫，看著人間的一切……

喝完最後一口咖啡，天色已經全暗。三條通前的喫茶店在門口擺出了味自慢甜食，小巧的滿分蛋糕，熱騰騰甜甜圈，買了就可以帶走，連同帶不走的時間滋味、隱匿在巷弄間的老溫泉湯屋、一間極簡裝潢但滿室洋溢溫暖的另類唱片行、揚物攤上幾項因低溫而失溫的油炸天婦羅。

搭上夜色裡的對號電車，將奈良摺疊起來放進背包裡，連同冰涼的散步對策一起。車身緩緩開向京都，身旁或站或坐一日疲憊的上班族、吱喳低語的高中女生、車門旁望向黑暗的男孩側臉、一個靜坐如人偶的老婆婆。車身搖晃如同催眠，一一穿越那些名字：木津、上狛、棚倉、玉水、山城多賀、山城青谷、城陽、小倉、宇治、黃檗、桃山、稻荷、東福寺。

我在夜晚的細縫中，試著想像有一碗新茶在上了釉色的碗裡被沖開、有一間谷崎潤一郎住過的旅店湮沒在遠方、想像尋常生活裡有一樁刑案像《鰻魚》裡，丈夫以刀殺了外遇的妻、想像一個旅人的眼睛只看見什麼，而錯過些什麼？黑暗交代了一切，像一個確實厚篤如牆的答案，電車隆隆穿越了那回答，在晶亮而現代化的京都驛停靠。步出車廂，夜色墨深。

春日京都，仍醞釀著雪。不知道，今天那間天婦羅拉麵攤子門口的小小綠色告示牌，會寫著什麼？

雨中消失的椅子

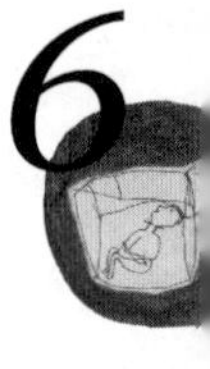

一年將盡的時候，我進戲院看了侯孝賢的《珈琲時光》。窄小的台北光點電影院，名為向小津安二郎致敬的影像裡，安靜美好的東京風景向我攤展開來，就像一張從遠方寄來的熟稔明信片，寫滿曾經讀過的字。

那一瞬間，電車轟轟穿越的聲音，窄樓裡晾曬衣物的陽光角度，神保町裡的舊書氣味，冰牛奶倒進杯子裡的細微芬芳，好像一種微妙的停格一樣，不斷搔著我的鼻尖。如果有機會，我想，是還要再去一次東京的。電影裡一青窈搭乘的那列老舊電車，如同存在於時間之外。我想像在匆促的生活速度中，有一列緩慢的電車，無關痛癢地在地球身上畫線。

因此，我出發了。在秋天還未滿格之前，到已曾多次拜訪的東京。接駁機場與都心之間的巴士從高速公路上駛過，沿途總可以看見許多打掃乾淨的屋頂。在忙碌工作的空檔，這樣一趟短短的飛行，為的是什麼？

其實，我在台北的生活裡，時時也可以複習東京。

慣愛的生活雜物店無印良品，已經開設了數間賣場。常去的幾間生鮮超市，甚且空運來一袋袋包裝整齊的果物、蔬菜、零食、飲品，我每每像朝聖一樣，一一點名呼喚。愈來愈多的連鎖店面，電視裡過分強調和風的廣告，一句句放送著軟呢的日語對白。我們早已在真實的生活裡預支了旅行，旅行又可以還原什麼？

然後，我抵達了。當第一句空氣像一個什麼熟悉的對白，摩梭著我的鼻尖，候車站旁兩架再普通不過的自動販賣機，可以隨意按買香甜的果汁，而工作人員早已俐落地將行李貼上標籤、排好隊伍，我知道，哪怕兩地之間的血緣再怎麼混仿，還是有一些根本的不同。那已被寫進群體裡的秩序，內化為思維的表面和平，都像天空中盤旋低飛的烏鴉般，啞叫得那麼自然。

旅行中，最遺憾的總是局外人的身分。

《珈琲時光》裡，一青窈飾演的陽子是個自由作家，她時常搭乘都電荒川線，轉山手線、中央線去到御茶水的神田町，那裡有一個古書店老闆，為她留存各式寫書時所需要的資料。淺野忠信所飾演的古書店老闆，且是個電車迷。不是像電車男那樣的御宅族（OTAKU）——或許在另一層意義也算是，他戴著毛線帽，蓄著短髭，沉默，體貼，且著迷於錄取每一站電車播放的聲音。雖然前後也看過好幾部侯孝賢的電影，卻少有一部，像這樣，簡單又近距離地，擷錄了生活的氣味。

想像隨著一青窈躋身山手線一節不知名的車箱，默默讀著電子螢屏上變化的字體與站名，秋天的溫度在車窗外隨著大幅廣告看板和高低不一的城市樓群向後滑逝。走進風裡，看著人們說笑，基於一種說不清的心態，也好想隱身其中，像一個當地的生活的人，過那樣的生活。因此我的城市移動，有大半的時候，停留在便利店，一一辨認那些牙膏面紙甜品微波食物；在書店，看新上市的書裡有大半是教導當地震來臨時，怎樣逃生（無印良品且推出一種一應俱全的救生包，將震災發生時需要的幾項必備品，像一個隨時可以逃命的錦囊般備妥）。在經歷許多美麗細緻的店家櫥窗後，我離開青山一帶的家具店（沒有像村上春樹一樣在原宿的巷子裡遇見百分之百的女孩），卻在夕落時分，遇見一個小男孩拎著印有紅色大兔頭的塑料袋，一路跳著路肩的線，邊跟著媽媽回家。走累了便在表參道休憩一下，青山公寓的舊址仍在整治中，滿街好看的人們都認清了這甜美簡約的文明，真的隨時可能被震毀嗎？

像一個美好的高音，顫巍巍時刻，忽然生出擔心。

因此我有些感激《珈琲時光》，它所企圖的，不是繁華的片段，不是涉谷滿街人潮（雖然辻仁成《旅人之木》裡百貨公司頂樓的園藝店，應該就是注視著這個永遠繁忙的十字街角吧），它也不企圖留住銀座或東京甚或汐留那些高度都會化，矜雅鬧熱的城市剪影。反之，它企圖了一個較為緩慢、溫暖的舊區，就像是從時間的透明袋體旁邊洩出的水柱般，傾注了生活繁瑣不能避免的觸感。晾衣。通話。人際。知識。歷史。家庭。對話。飲食。這些寫在生活裡，往往被情節或對白給掩飾掉的，不具體呈現在櫥窗裡成為商品的，卻奇異地使東京有了溫度。

我在異鄉，渴望這樣的溫度。

更想像有一把神祕的刀，可以從雲端伸出，像切蛋糕那樣把建築物切開，人物完好無傷，只是生活露出罅隙，必須透露許多祕密。一如我在六本木之丘買到的幾幀明信片，畫家山口晃以仿浮世繪的筆法將流雲纏上樓尖，裡頭的人無聲地展露著生活本身。那絕不是當我搭乘快速電梯，抵達兩百五十米高度的城市觀景台，三百六十度直擊東京夜景所可以比擬的。當城市只揭露它的燈光與街色，消失了人的存在，將是何等孤寂？然而我的窺視亦不是針孔式的，不必竊得所謂醜陋晦暗的人性內裡，因為那是普遍存在的內心戲碼，是另一種無膜的透明。在夜晚消失之前，我的瞳孔就只記取遠方摩天輪，像一朵尚未被黑吞沒的花吧。

行程的最後一天，比想像中來得灰濛的天氣，我終於也搭山手線到池袋，又轉有樂町線到東池袋四丁目，來到《珈琲時光》裡的都電荒川線：東京目前唯一的路面電車。小巧的車站泊在車流量不低的馬路邊，往早稻田方向第二站就是一青窈居落的鬼子母神前。

電影裡陽子的母親去附近拜拜一段，想必拜的就是鬼子母神，那是一所保祐小孩平安的神社。比想像中窄細的車廂，貼滿各式廣告宣傳紙，稍嫌悶熱，然而居民乘客們完全不理會觀光客的眼光，車子就一站一站地駛靠、滑過兩岸的人家。學習院是哪一科的學習院？面影橋是面對什麼影子的橋？地名模糊成一個可供唸喚的記號，在舌尖磨擦過，就像氣體般被呼出。

最後一站早稻田，我下車，彷佛即將飄雨的街道，彎曲迴向早稻田大學的大隈講堂。秋風高大飽滿地吹拂著，有一絲絲蕭涼意索。我忽然想起前兩日到六本木之丘尋而未遇的一把椅子。

雨中消失的椅子。

設計師吉岡德仁擅長以光學玻璃使空間擁有各種可能。一把雨中消失的椅子也是他的工藝魔術。椅子上奇異地有著水紋，當雨天的時候，整把椅子跟雨的線條交換了彼此的身體，就獲得了暫時的隱形。

也許因為即將離開了，像《珈琲時光》的片末，御茶水車站附近，車體塗著各種漆色的地鐵從四面八方來，又要開往四面八方而去。短暫的錯身與交會，總是在途上，終究不敵一把永恆靜坐的椅子。電影裡的生活細瑣、隱忍在生活裡的情感與線索，仍會繼續糾纏著吧——

我羨慕當身分不能竊得時，一把雨中消失的椅子。

要下雨了。

或許我想要的，不過是那樣一種隱形，無聲，無味，好安靜。

城市是戀人的身體

一個城市所能負載的想像，是否與戀人身體，有某種程度的契合？

從陌生開始，我們像策畫一場旅行般，攜帶著不同嚮往，抵達一個陌生的城市：眼睛觀察風景，耳朵聆聽語言，鼻息領略氣味，腦中嘗試透過記憶拼貼組合幾條街道的幾何。一開始，帶著一點點緊張，小心翼翼探勘彼城的風土民情、天氣、作息。總是，因為某些相同的部分感覺到親密與放心，然而，也必須為著相異的部分調整自己。在相同與相異之間，原本陌生的城市被構築、縮小，我擁有了一座屬於我的城，可以放在記憶的匣裡，任意取出，對人述說。

那時，或許已能輕快地說出城裡適於散步的小路，教人情不自禁的一家咖啡館，某間與眾不同的特色書店，人潮稍嫌冷清的電影院，口味相近的唱片行。能夠分辨當地硬幣的形狀與身價，說得出幾個為人所喜的名勝地，不會太常搭錯交通工具，還背得出首班車與末班車的時間。儘管耳裡曾謠傳某些晦暗低沉的城市角落，但還沒有機會或意願到臨現場。直到某天也許突如其來的病痛襲擊，也能安然地在醫院中找到治療方法與理想人選；

7

手提電腦忽忽故障，能有值得信靠的維修站。那時，通常也學會了幾種當地問候的語法，特殊的俏皮口音，習慣了某飲食癖性，某地方限定的頻道與刊物，洗晾衣物的最佳時機。甚至，不知不覺地，眠夢與清醒之間，會憶起的不再是所來的舊地，城市的規模在夢的場景裡進駐，距離消失，陌生消失，錯謬的歸屬感取而代之。

從生疏到熟悉，漸漸明白一座城的脾氣。然後有一天，因為人生中許多難解的理由或可能，必須離開的那一刻，立即，生出形而上的鄉愁。

戀人不也如此?在尚未完全打開自己之前，我們嘗試相約，拿不能分裂的身體陪伴彼此，在不同時段中一起生活飲食、了解對方的小脾氣、喜歡的色澤、慣用的香水、常穿的衣著品牌、甚且也談論過彼此身體最私密的區域，讓肉身像一張又一張極薄嫩的、疊合而成的備忘錄，在認識對方更深一層的同時，便撕去一層表面。初始總是，因為那些相契合的部分而心驚：事後發現多年前兩人曾在同一間書店前聆聽同一場夏日的說書，那時還不認識彼此。事後發現兩人曾經看過同一部很愛的電影，那些童年的紋路幾經比對，還清晰可辨。事後發現兩人都討厭的同一種蔬果，事到如今居然都還堅持絕對不吃。

在遇見的當下釋放那些喜悅，讓彼此在靠近的過程中感受親切。穿過最敏感矜持的短巷，來到一個有噴泉的圓形廣場，習慣對方的習慣，體會同一件街角的新聞，身上貼寫著新鮮城市所配給的門牌號碼：我們是相愛的。

直到兩人的城市有了新來的遊客，稍嫌擁擠的雅座必須有一人站著。或者，無意間鬆動了欲望的防線，卻在頹敗棄守的城池裡挖掘出無聊與枯燥，坐困愁城的兩個人，默默望著城外的燦爛日落，不明白何以會走到這一步——坐在眼前的彼此，曾如此珍惜著放在掌中，不捨得任何一方高飛的。但為什麼一不小心，戀人身體成為牢獄，圈養著絕情困獸？就像陰鬱城中，密雲滿天，那些尾隨而至的情緒放大再放大，成為不被喜愛的馬路消息，成為坍方崩塌的危險路段，彼此都在策畫如何上演一齣空城計；或者，搬遷到他城，就像從某具身體出發，流浪到另一具身體。

但終究是愛過的。離別之前，閉上眼睛，無語撫觸著戀人的身體，也能在某一琴鍵陷落中聽得出當下的心情。瞬間，那身體的琴聲像城市窗外傳回來的鴿子叫聲、小販買賣的喊聲、市井間穿梭的車流聲、人們擦肩時遺落的心碎聲。沉默地觸碰著我們的時間，最能明白，我們的身體，已在歲月中遭逢怎樣的修改。

城市是戀人的身體，哪怕無法避免承諾與別離，我仍願意給予最深情的一回凝視，並在身體寓言的衰老中，試圖彈奏聲音。

天氣會是我們最後一件衣服嗎？

每回出門之前，總要在衣櫃旁邊怔忡片刻，該拿怎樣一件衣服，去搭配今天城市的表情？怎樣才能在正式場合中表現得端正但從容？怎樣才能符合下午茶或一場午夜電影的悠閒氣氛？怎樣才能製造出夜店小酌的逸樂情調？

當街上的男男女女，越來越常在電梯升降的短暫時間裡，透過鏡子與光線的反射，審視自己的臉，眼耳鼻舌是否都合乎禮貌與美麗的規定，身上的衣飾配件從髮型、化妝、耳環、項鍊、手錶、鞋襪到背包，一個又一個精緻獨特的人形，透過某個體方式呈現，在行走的同時展示風景。

街道，是我們的模特兒伸展台。

因此，衣著的顏色深淺被考慮、裙褲的或長或短被在意，各種衣飾類型隨著時間替換。偶爾，城市裡充斥著豪邁皮革氣味；有時，混搭風潮顛覆傳統穿著思考。每一季都取代上一季，像電視頻道裡牽動人心的影集，像收音機裡推陳出新的流行歌，像某些殘酷無私的人生法則，卻又在凌遲與被凌遲之間感受殺伐與重生的快樂。

當我們換穿、選擇新的衣衫——

就像，春天來到的時候，城市裡洋溢著滿滿的新生感，行道樹的枝葉如耳語茂生，街頭裝置藝術的龐大紅色鳥籠裡關門不住的春光已經衝撞而出；睡去又醒來的人們，如同從地鐵裡離開的夢遊者，呼吸著空氣中互通的祕密，眼神流轉、肢體碰觸之間，在脫去了厚重衣裳之外，多了一點桃紅色。

就像，夏天降臨的時候，車流所給不出的潮聲在耳畔澎湃得更形洶湧，大廈玻璃帷幕透明回應著豔陽的請求。城市是一座意象的熱海，飄浮嬉遊的人們將衣物盡情卸去，如同海上率性又謹慎的衝浪者。哪怕只是握住一杯冰茶望向窗外，都害怕遠方的港濱，已因暴熱而變形扭曲。綠在進攻，沾滿枝椏，搖著紙扇歇休的寧靜午后，偶爾天空才願意空運來一場雷雨，為那些一觸即發的欲想降溫。

就像，秋天滲透的時候，城市忽然摒住呼吸，深怕無意間吹落第一枚葉子。但是感慨已經被迫打開，許多透過季節交代的記憶試喚即來，我們感受著忽然的斷裂，讓那些一再倒帶卻無法縫補的，像一件穿舊了的線衫，只是不動聲色地套上。然而，套上後也不見得更暖，或許寒意已在心的底層滋長，呼應某些彎曲巷弄裡，身不由己的別離。

就像，冬天揭曉的時候，雪意下在彼此之間，顏色熱烈的圍巾圈住欲墜的無奈眼神，衣衫遮住我們大部分的情緒，人與人像隔著一層牆壁對話，還找不出一處正確的著力點。

7

曾幾何時，落葉滿地，忍不住的蕭條像是不斷傳染的感冒，還看不見絕望的終站。街道是疲軟的線索，通往某些不可知的故事的背面，或是久未謀面之人的傷感。

我在衣櫃旁邊怔忡片刻，不知道該拿怎樣一件衣服，才能像一張完美的假面具，讓自己可以輕易穿梭人情冷暖。

哪怕我能努力學習，透過不同型式的包裝：剪一個齊整的髮型，在髮雕、髮蠟和髮露之間挑選適合的工具；敏銳度極高地淘汰不適用於敏感膚質的保養品，在保養程序上合乎規範且絕不失誤；最後，在擇選喜愛的衣帽後還能感知、搽上不同狀況下最舒服的香味，一切都顯得那麼完美無瑕，卻仍敵不過城市上空一片突如其來的雲層、一陣路過拜訪的東北季風、一場不遠千里的沙塵暴、一個遙遠醞釀的中型颱風、一片預言性質的初雪、一輪皎潔無私的明月。

陽光雨雪，誠實地改寫了街道的臉，安排著模特兒的動線。

四季轉折，就像每一次城市所歷經的更年；春夏秋冬，這原本看似屬於鄉野的符碼，早已轉印在時間的擦肩。

才忽然發現：不管流行風東西南北如何吹拂，當我們選擇離開自己的房間，以不同舞步展開與人群互動的方程式，天氣，永遠是我們穿上的最後一件衣服，用來為城市裡闖蕩的殊異靈魂，增添一些應景的祝福。

7

遊樂隱喻

城市將暗之際，眼睫一閉，密雲降落，天地皆黑。

然而我們所行經的是本城最繁華黃金的地段。還不是太久以前，沿著地鐵線沖積的右岸，這裡曾經一片草地茫茫，綠意中還有兔子與蛇的竄走。然後，土地上沒有經過誰的同意就陸續長出一幢幢大廈，它們分別被用來當作欣賞電影、戲劇、洽公、進食，以及購物的商場。城市是一張可以任意彩妝的臉，有時卻也是一張幾經複製的臉，像雜誌上細緻美好的模特兒，無懈可擊但缺乏個性。這便是某些被批評的空間彷似：連鎖的商家、同樣的品牌、口味無異的咖啡、賣場布置的同一情調模擬。我們繞過一個又一個發亮的迷宮寓言，像神話裡沿途留下線索給半獸人離開的逆女，為的是一場怎樣的征戰呢？

經歷第三間賣場後，我終於忍不住暈眩了。

迎著長廊上的缺口向兩條街外遠望，有著太師椅造型的飯店旁已興建完成的超高樓建築物，像一柱散發著銀光的八寶樓台，樓側垂下一個個如意掛飾，東方與西方各自給出線索，在地標物身上辯論。我在暈眩之中，無法辨識這幢引起各方注目的高樓，是否真有一百零一層？甚且也遺失了方位，難以正確地指出隱匿在各踞一方的樓屋之中，健身房裡揮汗如雨的男女、日式茶屋大啖生魚片的食客、百貨公司絡繹不絕的週年慶搶購人潮、電影院裡因為劇情而生的一聲尖叫。

巡視著更遠之處，運轉著城市公務的行政機關掩在微亮的燈光之中，這裡究竟還缺少什麼，是可以讓我們在一再消費之外，能給出一個殊異時空，讓這座城市有些不同？

我想起北國的城，只要搭乘一班抵達人造港濱的地鐵線，在鷗鳥似的機動出發裡，就可以遇見遊樂場：巨大摩天輪在黑夜裡由於許多細小燈泡變換顏色，就像依時綻放的花。旋轉木馬亮晶晶，每一隻馬上都飾以雕刻精細的馬鞍，躍動之中，像是一座旋轉的、有音樂的海洋。每夜，遠處橫跨島與島之間的長橋總會漸層變化彩虹色，更遠處的內海上有船隻賞玩，天空一簇簇煙火盛開。

我想念那些。如果別無異議，人生在漸走漸遠的路途中，不過是重複某些命定的遊戲狀況——我們的生老病死，原來也不脫遊樂場所能提醒的幾項規則：沒有人能永遠霸住一枚興奮的咖啡杯，沒有人能命令摩天輪只許上升不要下降，沒有人能要求一場煙火表演就在瞳孔的注視下永恆，總是因為那麼短暫又那麼美，所以我們在驚豔的瞬間，遺憾。最後甚至分不清煙火與遺憾，何者更美？

如果我們的孩子只能在許多來不及記憶的品牌前面，小心翼翼背誦新到貨的名字，而社會又以一種無能為力漸形擴散的貧富差距比例在前進，那麼那些被欲望踏過的臉龐，寫著的字體，究竟為何？然而，更多的商場仍被製造著、稀釋著消費人群的想望。我也並沒有遺忘，那年本城最大的購物城，如此華美璀璨地揭開了序幕。一個無比巨大的球體宛如一缽暗發橘光的霜淇淋，卻因為失去眾人的目光而褪色。難道這就是我們消費時喜新厭舊的心態，促使每一塊場域都像髒了的抹布，帶著無法擦拭自己的憂傷？

在時間所來之處，本城也曾擁有一處遊樂場，老舊的遊樂設施、已經遷徙的動物園，城市裡獸行履犯的人們或已遺忘他們也曾有過一個無私的下午：陽光重來，穿越厚重潮濕的雲層，昔時火車沿著切割盆地的河流出發，經過青春來襲前歡呼喧騰的一驛，手中捏著少少、珍貴的代幣，捏出了一點暖意。他們在園區裡巡邏，挑選最想玩的遊樂器。體內分泌的激素刷洗著感官，這一日，在搭上四十五度傾斜旋轉的座椅後，突然感覺城市騰空，那是最初接近飛行的體驗。那飛旋的速度漸快、極快，城市風景都暈眩模糊了，但就在即將緩慢的前一刻，他們突然覺得抓住了自己，那是此生都不能迴避的抓攫。

遊樂隱喻，為的不是躲避城市上空突如其來一場驟雨，而是在諸多失控的可能裡，還遙想起甜蜜潔白，再也回不去的最初。

我把兩罐青春忘在車上

那時年輕，倚靠著圍牆就愛眺望所謂遠方。

圍牆之外，只不過是幾戶矮屋、幾畝野田、幾棵亂樹。那不是我們目光所繫之處；我們的眼睛，屬於青春的眼睛，還要努力地振臂高飛，躍過西北方一條湍流的大河，河畔養著一大片沁甜西瓜，隨著公車行駛的路線，經過不耐煩小鄉鎮三、兩個，來到星星燈火點燃的彼處，那裡有一座圓柱狀高塔好似巴別塔，誘惑著我們騷動的身體，要出發，去那裡，不特別為了什麼。

傳說中那座高塔之尖可以旋轉，透明玻璃窗輕巧地圍出全方位的視野，然後在裡頭喝一杯咖啡，或是優雅地進行一場晚餐，可以感覺身後天光漸暗，幕色像不死心的潮水一樣湧上來，淹沒了腳踝、腰身，終於我們咕嚕一口氣都淹沒在黑暗裡，無邊無際的黑暗就是城市上空的風景，然而其下燈火璀璨，萬戶人家隨著街道的流向蜿蜒四蔓，那是何等華奢的夢寐景觀，像一張等候得太久的明信片，終於拿握在手中的時候，應該會有忍不住的淚水滑落吧。

7

每一日，我們就在持續的眺望中，督促那幢與我們並無實質相關的巴別塔工程進度。完全無視於校園裡龐大的課業壓力：難解的幾何、無聊的教條主義、秩序顛倒的歷史、虛構自滿的地理、饒舌結巴的英文字母。那些被稱之為知識的，都剪裁成長寬高相等的方形書本，在書包裡彼此擁擠。

直到某一堂課中，一枚摺疊成星星狀的紙條隔空飛來，擊中了我昏昏欲睡的眉心，攤開來，熟悉的字體寫著：我們翹課吧。

像是早已預謀許久，然而只是一時興起，我們穿越了芒草、反揹著書包，在不應該的時間搭上老公車，去到遠方。短短的一個偷來的午後，忙不迭拍動身後隱形雙翅，來到巴別塔前，靜靜仰望它的魁偉。那不是什麼佛洛依德所念茲在茲的陽具崇拜，也請不要引用任何理論與精神分析可能，純粹是一種對於離開的渴望，希望在城市與原鄉之中，借用某一種塔的高度，串連兩者：讓城市可以俯瞰眾神的城邦，讓遠方的原野，知道一個清晰的標的物，才能穿越仰望的迷霧，把對於大城的著迷，說得那麼親親如晤。

長大之後，我如願來到了城市。

基於對城市的迅速認同與過早的熟悉，我們的相處毫無顆粒，融解得相當完美。好像，我也能透過某些口音的模仿、衣著的使用，改變一種身分——那無關認同，純粹是對於自我的想像與要求。這是否就像城市本身，也是透過對於他城的羨慕與擬仿，往現代化的下一站前進，卻因為太健忘且快速的移動，在速度中自身遭到模糊，成為尷尬的塑像。

就像，我們欣欣然想望的那座巴別塔，終於在一個美好的春日完工了。嚴峻的塔身是俐落的渾圓線條，玻璃圍幕折射著眾人的目光，我沒有忘記那最初的想望，期盼著塔尖的旋轉餐廳能給我一次球面的觀看。

然而，成長所擁有的會不會其實是失落呢？一日一日，一年一年，那座巴別塔始終沒有啟用，後來輾轉聽說是因為資金週轉的緣故，神話才不得不破滅。然而我獨自站立塔前，想知道，破滅的除了巴別塔之夢，還有什麼？

更多的高樓矗起。

我們相約前往城市裡的另一座高塔，雖然不再有旋轉觀看的誘惑，但我們並沒有對城市的迷戀免疫。嶄新偌大的賣場裡，有來自各地的生鮮食品，我們駐足在冰櫃之前，忽然望見那種傳說中好喝的日式桃子酒，取了一個使人如此惆悵的名字：「青春」。

我不假思索便買了兩罐。又挑選了一些沙拉、餅乾，才滿心喜悅地走出賣場。揮別新的巴別塔，在城市兵馬奔騰車流中，隨手招了一輛計程車，搭上。車子漂亮地轉彎，雨水落下，像曖昧薄紗，遮掩著這些似是而非的建築體。

雨越下越大，我們倉皇地離開計程車，穿過筆直墜落的雨水，穿過城市暗夜中一條靜靜燃燒涼意的小巷，幾株兀自伸展的盆栽，坐在雪白色系的咖啡館裡，正準備挑選一杯合適的咖啡，才怔怔然想起：啊，剛剛買的那一袋東西忘了拿下車了。

我把兩罐青春忘在車上，也把已經泡軟了、不適合出發的自己忘在車上，微涼的夜裡，我忽然如此想念那個眺望遠方的年紀。

我的手提城市

我曾有過一台手提電腦，當綠苔在我窗外沿著山壁像潑墨漫開，大朵的蕨類攀爬，山腹部像釀了太多心事的畫布靜靜供我賞玩的時分，我的耳畔有音樂，我的指尖敲打著鍵盤，輕快而富於旋律，那是我開始城市生活的第一步，卻不是居住在鬧區的圓心，相反地，我住在城市的邊陲，每夜我讀完一冊書，打開電腦，斷斷續續地敲打著篇幅不定的青春時光時，總要暫停下來，抬眼看看窗外，因為大量燈火反射的緣故，城市的天空總感覺沒有暗透，像一張燃燒過仍帶有餘溫的暗紅的紙。

那時多半我已完成一日放縱，和朋友在城市的某一角落結束新的探險：一間新的店鋪、一場電影饗宴、一樁新的情事，發生中的情節與細節都駐記在我眼瞳深處，當我電光石火與城市擦肩的剎那，也像把這些線索都收攏，穿過興建中的捷運系統、已打烊的首都府，滿街燈火像一條拉長的披風，上面掛滿了不肯睡去的星光。回到賃居處，我輕聲細語將自己梳洗乾淨，唯有已經抽長的故事洗滌不去，就打開手提電腦，一字一句記錄下來。

因為手提電腦的輕便與可動性，城市好像也變得比較輕盈。

7

陽光來訪的午後，我和朋友相約在書店咖啡館，修改他的長篇小說。手提電腦像布景，為我們攤開一個虛擬世界，在電腦螢幕背後則是另一個真實人生。然而虛擬所需啟動的誠實並不比現實生活來得少，更多時候，我們透過書寫修改自己並不滿意的現況、投注遙遠想像、拉扯荒謬結局，只為了讓一切更航近自己的一廂情願。也曾遇過雨水正沛的午夜，齊聚在社團辦公室，打開手提電腦，搬來印表機，把即將發行的刊物文字在電腦上喚出，小心翼翼地校正，那時我們沒有發現，字句終究可以校正，但寫在彼此之間情感的驅力與發生，都有著不可扭轉的蠻強。

我在第一台手提電腦上，記錄了大量的感情，寫完兩本長篇小說、一本散文集、一本詩集，我深信那是一種靈魂的輸入，在不確知自己將如何長成的路途中，順手將過長的心情芒草修剪，屯在倉庫裡等待老的時候，用作取暖的柴薪。無意之中，竟也將我所居住的城市，拆卸成場景、天氣預告、運輸系統、消費狀況、地標物，將時間穿織過的空間，摺疊成更為妥當保管的隱形記憶體，乖巧地住在手提電腦的硬碟之中。

每當朋友向我借用手提電腦的時候，我也總是慷慨地出借，企圖讓手提電腦的便利性更廣泛地被使用。偶爾，則是來路不明的磁片，以一種強硬的插入，介入了我和手提電腦之間。我一直沒有拒絕。就像，許多搖擺不定的議題、一知半解的人生方向、意志不堅的情感投合，它們是那麼生澀且粗糙地考驗著不夠聰穎的我，等我把所有分內的故事都寫糟，一言不合就可以關上電腦，潦草地打發那些令人尷尬的質問——書寫，有時是往內在挖礦的過程。

我更疏忽的是，過量流通的磁片，就像來路不明的敵意，已使我的手提電腦中毒。防毒系統也無法去除的電腦病毒，就像我與城市之間偶然挑發的扞格，是那麼無情地拒絕了可能的出路。

一次、兩次、三次，我在城市的此處與彼處疲於奔命，急著將我的手提電腦送修。每次前往那個維修的公司，總要沿著河堤，繞過大半個城市，河面上的波光幽幽倒映著這個並不美麗的城，灰撲撲的天色彷彿就要塌陷下來，那岌岌可危的一瞬，我總死命抱住手提電腦，就像在護衛最後一些可能被沖噬的、再也回不來的美好抒情。

一次、兩次、三次，我在千鈞一髮之際，看著電腦起死回生，甚或必須將所有檔案重新格式化，恢復空白秩序，灌錄新的軟體，那時，總像看見一個失憶的自己，以及再也喚不回的青春舊景。

舊的電腦報廢，決定再買一台新的手提電腦時，我突然完整地記起那些關於城市片段的剪接與裁縫，我與朋友在資訊展場地比對著電腦應該注意的事項：處理器、記憶體、顯示卡、無線網路、鍵盤、尺寸與重量；心裡卻雪亮地明白，再也買不回那樣一座曾經屬於我的，手提城市。

7

舌間長滿雜草

每隔一段時間，我就必須要花費一些工夫，把桌上堆疊散落的名片，一一分類、插放到透明方正的名片簿裡。一定有心理學家曾經研究過這種心態，為什麼人們會試圖留下一些痕跡，就像在一張雪白紙張上，潦草地畫上幾筆，寫幾行不成文的句子；或者，小心翼翼地收藏看過的電影票券、遊樂園入場券、登機證、火車票、商家或餐廳的名片，似乎不光光為了得知地址、電話，以供日後聯絡，還要藉此得到一份紀念，以近乎儀式的虔誠保留著。

除此之外，每當一年伊始，我總要特地挑選一本合適的筆記本，除了用來記錄日常瑣事，也提供可以張貼這些票券的布告欄，卻也總是，當我裁下一小段透明膠帶，將這些票根固定黏貼之際，會想起一種截然不同的人生：如果我就此遺失這些證據，難道我就會變成一個失憶者，忘記所有發生過的這一切嗎？我會忘記這場電影裡的情節，那些人物與對話、光影的謎題？我會忘記一場與朋友久別重逢的聚會，他們在談笑間的暖熱的臉孔與話語？我會忘記一趟旅程，身旁不相識的乘客，或是兩地間永遠不能同步的天氣？

我不知該怎麼證明，只知道自己無法逃離這種精神的拾荒。於是，身邊的抽屜匣盒中，隨著年歲漸長，積累了越來越多的年曆筆記本，一個又一個紙袋，裝著無法分類的DM、唱片側標、郵件，隨著一個城市又一個城市的漂流旅程，名片簿裡也有了來自各地的風景，它們自身會說話，說出一條拉麵街的獨特性，說出一個咖啡豆的管轄區域，說出一個又一個使味蕾綻放的祕語。

因為這個攜帶了許多年的習慣，舌尖好像也懂得了東西南北。

是城市方位的東西南北，也是飲食口味的東西南北。調理的鹹淡與種類，店家播放的音樂，前往的人與當下的關係，這一切，都左右著對於那間店家的喜好或憎惡。猶記得有那樣的一間餐廳，大雨的午後，我與即將分手的戀人進行最後的晤談，一整個下午，料理得精緻而美的天使髮麵已然變冷走味，雨勢滂沱無情，我錯過了最後一次誠實的機會，然後我們告別了彼此，從此失去聯繫。

很長一段時間，我不敢經過那家餐廳，怕看見一個狼狽的自己，還不知道怎麼在殘局裡穿戴整齊。後來，又聽說它倒閉了，一時很難分辨，究竟結束的是一間餐廳，還是一段漸行漸遠的舊感情？

也有某些特別偏愛的蛋糕店，陽光撒落的午後，一片剛出爐的玫瑰蛋糕搭配火候適中的錫蘭紅茶，好像可以得到一次味覺的救贖，因而死心塌地天天拜訪，那玫瑰固體烘焙得

7

充滿詩意，飽滿而不甜膩，城市的風也不那麼著急了，時間慢板前進，雖然青春從不等待，但也終於要面對那麼一天：店門緊閉。還不能很理智地思考整件事情的前因後果，只當它是休息片刻。然而，那家蛋糕店從此成為熟悉街巷邊一幕怵目驚心的廢墟。

或者，在總是必須單人出發的午餐時刻，尋尋覓覓才找到一家合適的麵攤，乾淨的桌椅與飲食環境，溫柔但不叨擾的老闆娘，分量容易點購的菜單，口味無話可說的各類水餃或麵食，還可以搭配現煮的傳統紅茶，營養又可口，就像一個借來的溫暖的廚房，人情味與美味皆具，不由分說就變成長年光顧的熟客。但世事豈能盡如人意？一張大紅紙突然公告了「暫停營業」的訊息，沒有解釋也沒有歉意，我整整兩個禮拜像失了魂的紙人，每到午餐時間，就身不由己到店家前面觀望，期盼奇蹟發生，好維繫日常規律的運轉。但，始終沒有。

一直很喜歡鬼束千尋的一段歌詞：「我多麼想要對你說出實話／但是我的舌間長滿了雜草。」當我一頁一頁翻閱著名片簿，看著一間又一間去過的店家，忽然發現，其實我根本想偷偷拓印一本，屬於我的城市編年體。只是城市的汰舊換新速度太快，我還未學會失憶的特技，許多店家們已經倒閉、遷移，演出失蹤的肥皂劇。當我要開口對他人說出汁多味美的曾經，滄海桑田忽然實證，我的舌間長滿雜草，不能言語，所有飲食場景都成了新版的聊齋眉批。

聲音有臉

我在半夜聽見鯨魚唱歌。然而那不是真的。我的房間雖然潮濕又頹軟，彷彿被黑潮舔過，但不可能真有鯨族出沒。我居住的城市雖然距離海洋只有一個眼神的距離，卻也不可能隔著落地窗就將鯨魚的歌聲低傳真。然後，我睜開一半睡眼在夜藍色房間裡搜尋，終於發現：是我的音響，我沉沉睡去前反覆播放的那張唱片，一個來自冰島樂團的神祕嗓音，還兀自在悄深的時間核中吟唱著，忽然拉高的一句，聽起來就像受到月光召喚的鯨魚悠然奮身劃破海面。

Sigur rós。

過去一年來，因為認識了喜歡聆聽另類音樂的朋友，在城市中漫步的時候，見到唱片行，總不免要進去逛一逛，順便看看是否藏有某一張私心偏愛但苦尋不獲的經典？每個人記憶城市的方法或許透過事件：人與人的離合，未完成的虛線究竟會連接到哪一個未知的故事端點？透過美食：特定的幾項在地鄉愁滋味，寄居在味蕾表面，時時騷動心靈、勾引出發。透過風景：一場突如其來的大雪，那麼形而上地覆蓋了街道與滿街突兀的招牌。那些或者陌生或能讀取的文字，失去商業功能的同時，也還以實體證明了存在。

而我與我的朋友，則習慣透過聲音。

像一項不準備對外發表的內建祕技，在大賣場或咖啡館或某密閉空間，偶爾一個旋律響起，一小段吉他或鼓聲發生時，我的朋友總能在短短數秒內立即辨認出聲音的主人。雖然西西曾經那樣調皮地把從屬的關係對倒，她說：「鬍子有臉」——但我卻深深覺得聲音有臉，每一次都等待被開心指認。

這件事是怎麼被確定的呢？那是一個百無聊賴的午後，我聽著Ed Harcourt的第一張專輯，《Here Be Monsters》，鋼琴的鍵流利地敲擊著，一鍵一鍵好像也在敲問我的靈魂弱處，他的歌在旋轉，房間也在旋轉。我聽見他白天當廚師、晚上寫歌，聲音裡面因此有了義大利燉飯的氣味，有新鮮番茄調味的pasta，有搭配餐點的冰可樂或牛奶咖啡，這是我對那間餐館的想像。

聲音有臉，他憂鬱的眉間，還略帶不在乎地笑了笑。

這麼說起來，那些座落在許多不知名角落的各式唱片行，倒像一幢又一幢的聲音公寓了。多數時候，聲音也有國界與族裔，他們被歸類在一區又一區的不同社群之中，比實體城市更加涇渭分明。當我走過聲音，想像他們望著我的表情，那感覺就像面對尚未足夠熟識的朋友，臉龐總是略顯模糊，細節像一張被抹糊的炭筆畫，是我弄髒了畫紙。然後，聲音的滲入像身體夢遊穿過矮柵欄，留下淡甜汁液；其後，更像兩張慢慢靠合的描圖紙，給出相近輪廓與意願，最後，終於開啟了溝通。聲音不僅有臉，還有手，它會靜靜撫摸暗夜裡，傷心人的背。

當季節秩序性輪調，我的朋友突然不很確定他與城市的關係是否友善依舊？確實很多時候，城市提供一種冒險目標或保護色，它以其族譜繁複的街道圖，允許挑戰與冒犯；它像一個失職但無辜的母親，在接納親近的同時，又給出下一程背叛。有時，當龐大人潮穿梭匯流在車站底部的諸多閘口時，我的朋友會有短暫的一瞬覺得自己失去目標與方向，從體內竄出來的寒意像不能掌控的所謂人生，其實是一直逼著你要向前向前的喔。

我不知道，在最茫然若失的片刻，我的朋友是否會想起一首歌。幾個音符淡淡地勾轉著，在人潮中像一個路標指出合適的閘口，一首不管來自何處，曾經愛過的歌？

雖然，質疑總是比確信要來得輕便簡易，而對自身的挑釁又比對自身的安定要使用得更毋須懷疑。但我仍忍不住想像著，聲音也有耳朵。

當城市裡種種暴力的流言或姿態的宣辭，還二十四小時強迫朗誦，甚且透過各種公開或私人管道，不太禮貌地進行資訊傳播，總會有一個只屬於聲音的耳朵：它聽懂了夜半鯨魚的歌，超越城市破碎的碗緣，打破了實體的拘限和抵抗；就算整個房間都放棄自己，被擰出過多的軟弱與淚水，這隻耳朵都還能像一朵百合般綻放。

如此純粹，別無選擇。

7

河是流動的刀

許多城市都擁有一條自己的河。

河是流動的刀，遙遠地自發源地出發之後，便一路靜靜地切割著不喊痛的陸地與城市。一把隱形的刀，切出左右兩岸，或許應允著不同的意志與形態；切出黑夜白天，像變換光線的手指在捲動畫軸，流雲斜飛，對比色的企圖昭然若揭；切出魔幻景深，還供給堤岸與橋梁，試探幾種經過它的可能。

每當，行走在他國的河畔，風的體溫微涼，燈火在水上寫字，佇立橋畔，遠遠眺望著，發現一字一句都隨水流走，像一紙沒人讀懂或看見的旅人書簡，甚且也來不及緘封。

河水這樣恆定地切割著，為的是什麼？

就像，我一直記得那個黃昏，和朋友去看蔡明亮的電影《河流》，一座看起來即將腐敗而又無比孤寂的城市，一條了無生氣卻又苟延殘喘的河；河流沉默蜿蜒地流過，藻綠色擴張的水面上，有人扮演浮屍，載浮載沉漂了一段，打撈起來後，就感染上一種不可言說的怪病——扮演浮屍的那人，頭歪斜了，從此只能用傾斜的角度凝看這個令人不滿意，又無從離開的城市。

看完電影之後，我和朋友就站在電影院外頭、夜色已降臨的街道上，狠狠吵了一架。彷彿，電影裡挖出了太多我們仍無力面對的陰影，如此真實逼近，還能拿什麼虛構託詞去敷衍嗎？又像是，終於看見一個與自己息息相關的布景，它被擺放在眼前，褪去了衣物，赤裸裸迸現青筋靜脈血液，還有不能輕易對他人言說的骨骼內臟病菌，我們反覆呼吸著那樣的惡，終於無法承受。情緒來了，龐大茸密，無可逃脫，只好狠狠地給出最暴力的言詞，最後，我和朋友不歡而散。

河是流動的刀，還偷偷割傷我們的心。

我一個人走在喧囂漸起的街市，那是鄰近某大學校園的綜合單位，有老舊的電影院、兼賣文具的明亮書店、林林總總的道地小吃攤、和風民族風各色生活雜貨……，我踩在暗沉泛舊的紅磚道上，一顆心緩緩墜沉到底，這城市還能再造一條清涼潔淨的河流嗎？可否為此刻的尷尬給出一點點救贖感？

聽說，此地河川的水大部分都來自地下湧泉，經由沿途不斷地匯集支流而漸成滔滔大河。我們的城市生活好像也是如此，心事像湧泉般湧出，經歷過不見天日的伏流時刻，黯暗地遇見了另一個人，倉皇地攜手陪伴前進，卻有那麼一刻，禁不起內心惶惶質疑，簌簌的緣分一旦遇熱，就要不牢靠地蒸發了，變成另一朵陌生的雲。有多少模糊的情愫，就這樣變成雲架飄遠了，而腳下的河還殘忍地切割著分離？彼岸與此岸，城市竟也有了無法僭越的關卡。

我慌然地穿越書頁，隱身於一兩句簡單的音樂，等夜街人群漸散，像泊近又搖遠的船隻，留下一個漸趨安詳的渡口，只擺渡無緣的人。我想，不是電影裡臨界點的孤獨淹沒了我們，是自己心裡沒有斷句的黑暗，淹沒了這個城市。

我決定要離開此地，到他方去。

凌晨時分，雙層巴士在清淡的夜街上前進，踅過打烊的火車站，繞過白日繁忙的鬧區店家，路過已闔眼的舊城門，躍上橫跨河流的高架橋。

想像身畔也有一條時光之河無岸湍流，一百多年前，沿著河畔，那俗稱大稻埕的地域，漸漸發展出無比繁華的住宅商圈，窄瘦的街坊、密密排列比鄰的店家，河水是財富，運來一個遠方的世界，以及許多他們無從想像的南北貨。夜暗後，除了燈紅酒綠仍營業著，若人們行走至此，將被一條大河困住，黑暗中，夜眠的船隻也已歇休，暫時失去擺渡的功能。然後，時移事往，橋以及更多的橋被建造，河流不再是阻撓，當我的巴士輕巧地駛下橋身，只見窗外河水上方的路燈淡淡照灑一片橙橘色，河水依舊無悔奔向出海口。

我仔細而漫長地凝望著：河是流動的刀，但在靜謐的流淌中，河流也是溫柔的擁抱，她裂開的支流像環繞的雙臂，緊緊擁抱著我們分內的城，並給城市裡頭所有堅強固體一個敢於疲憊的理由，然後，我們才能在那液體的擁抱中，安心地老去。

時光左岸

那麼，親愛的F，在深邃安靜的夜裡，倘若窗外突然飄落一場三月的雨，是否將引你想起，我們曾經一同走踏的年輕？雨聲幽幽，一彎溪水，三兩芒花。你短了又長的髮。多淚的季節。

而我們悄悄茁壯起孤獨，用不定量的悲傷餵養歲月。

你一定還記得，在許多初暗的街巷旁，我們陪L等公車回家的往事。總是，一行人笑鬧著走過，青山恆常依舊，溪水卻慌慌地奔流，青春老了，青春老了，一回頭，都是嘆息。

究竟，一切是怎麼開始的呢？

應該是在社團的書展吧。見到賣書的像見到同鄉，我和L便一前一後交心繳械投靠投降。然後，你和其他的社員陸續入社，文研，慢慢如一個三代同堂的大家庭。記得麼？那時我們總愛說自己是不道德的，又說，相親相愛最堅強。

於是，我們矢志不移地辦起了社刊：旋身集，風流帳，花顏巧語，城裡的雲。像一場

8

定時的祭儀，每半年上演一次。依著學長姊的經驗，憑著一股初生之犢的傻，從主題的擬定，邀稿，催稿，找印刷廠，編輯，送印。留言本上密密麻麻的字跡，從文章的分類，主編的吶喊，到同盟戰友們的勉勵，宛如綿長不止的陣痛期，而後有著幸福的分娩。

那是渾沌的遠古時代，我義務性兼職校內另一個詩社的雜務，一整個禮拜，呆坐在電腦前，打完一整本詩集的字。G不小心被我拖下水，溫柔和善地幫我。就這樣，我和他合力完成了素簡的詩報與詩刊。同時，L也如火如荼，小心翼翼地展開初回編輯任務。好笑的是，不知哪來的壯志豪情，大家還辦了跨校的植物園詩社，不定期地開討論會議，我猶記得，一回我和L往印刷廠的路上，看見圓山飯店遠遠地起火了。蠻荒的城市顯得剝離而後現代。

那，就是屬於我們的歷史嗎？

除了社刊，社報亦然。有時，我帶著手提電腦和印表機，到L家集體作業。一群人時鬧時玩，又想著鄰近的美味吃食，往往夜半三更才鳥獸散。又或者是有一次，我陪剛完稿的Y自社辦離開去搭公車，瘋狂的雷雨毫不留情地打向我們。雨勢夾著風勢，全身盡濕，深夜，只好去敲你的門，你像收留小貓一般地收留了Y，我又獨自撐傘走回男生宿舍。

親愛的F，一直都是同一條臨溪小路呵。

夜晚的時候，在樹與樹的背後，一盞強力的橙色亮光，點燃山城。雨後的地面，綻出

8

一朵一朵的水窪。我們不覺中一前一後地走過了。

一屆一屆地辦著書展。去拿大雁書店的書來賣，排班，清點書，搬書，賣書，收書。設想出稀奇古怪的點子促銷，很有使命感地推薦好書名單，辛苦冗長的海報製作與傳單發放，辦演講，辦簽名會，辦特價，賣場上播放著社員偏愛的音樂，一整個禮拜，大家都翹課翹翻了，只為了到書展現場值班，像是擁有了一間臨時的，自己的書店，多麼豐厚的資產。

與文字為伍相伴，竊想一點點愛情的芬芳，日子一溜煙地四散無蹤。追不回來了，親愛的F，我們都慢慢靠近了成長。

但是如今，只剩下殘斷的記憶仍撫慰著一個黑夜裡的過路人嗎？

我不免擔心，或者說，根本毋須擔心。因為我保留了自己的舊事版本，但對於你，對L，對C，對G，對Z，對每一個萍水相逢於文研的新舊房客而言，都是以自己所選擇的角度去進入同一段時空與事件吧。差異性的存在在於價值觀的擇取，然而我們真能說誰對誰錯嗎？

有誰能真正去定罪他人？就算此後分道揚鑣，各自天涯，也無法否認最初，我們都曾以一顆熱騰騰的想望的心，如履薄冰，試圖靠近。只不過，接過對方遞來的問候，擱放著，光芒著，褪色著，近了，又遠了。

因此，當社團裡漸沓的人事糾葛如一個小型的社會，心思的幽微使彼此都落入一個流沙陷阱，還有什麼是可以奔赴的呢？在大階梯上看一場布袋戲？在咖啡坊裡喝一杯冰紅茶？或者，往城市裡逃竄，像一隻疲憊的螢蟲，再也不想發光？

終究是書寫收留了我們。

最傷心的日子裡，你我只是不停地寫著。彷彿藉由這樣一種緩慢的爬行，就能找到出口。回想之中，不禁要問：哪來的這許多鑽牛角尖？像一場永無止盡的發酵，為難自己，也為難別人。不過老實說，書寫時的淋漓快意，的確是一次祕密的救贖，將私營的心事攤展，曝曬於日光之間。隔夜的雨轉眼便收了，當作什麼事也沒有發生過。

社刊社報印好的那些個午後，我們和印刷廠老闆約在綜合大樓或是社辦，等他將大夥兒剛出爐的期待送來，已相熟的老闆總是憨厚地笑著，雖然封面的顏色有一些落差，雖然印刷的效果不如預期，大家還是望著一落落堆壘成山的社刊笑。終於，我們的文字變成可以被閱讀的書了，而不再只是一張張薄嫩的稿紙，那，不就是每一個書寫者最古老而原始的夢想嗎？

而親愛的F，春天，還會令你想起什麼？春假時你沒跟上隊的墾丁之旅？老是讓大家跌破眼鏡的奧斯卡金像獎？或者是，溪城的文字野宴：雙溪現代文學獎？我們常常很驕傲地說：北雙溪，南鳳凰。意味著東吳校內的文學獎在大專院校中有著優異的傳統歷史。與校外文學獎不同的是，因為怕投稿數量不夠，評委會規定每個工作人員都必須繳稿一篇。於是，我們義不容辭地投身工作人員的行列，也理所當然地成為參賽者。

整個文學獎的籌備過程與善後工作漫長而龐大。早在前一年的秋天便開始宣傳事宜，工作人員也進入準備階段。在校內，要擬定各組指導老師，對校外，要敲定複選與決選的十八位評審老師。反覆的聯絡，客氣的解說，截稿日期的收稿動作，影印寄發交送稿件，直到複選之日翩然降臨。

春日遲遲的下午時光，寵惠樓的三樓悄悄上演一場廝殺。親愛的F，我們自臨溪路上的貞節牌坊迎來了評審老師，自他們手中接過稿件和評分單，一切就此開始。工作人員們有的招呼各組老師，有的快速地將分數填進牆上的另一張大海報，讓大家在討論時一目了然。

緊張的參賽同學坐在一旁只准聆聽，不准發問。而老師們通常會概略性地挑出入圍作品。有一回，我們都入圍了，卻因作品質地題材的相近，引來評審的非議。其實我知道，那時的你我，降落在等深的生命底層，沉澱著，飄遊著，迷惘著，等一道飛翔的光，指出方向。

書寫，即是無比真實的洩密者。當檯面上以文字技巧、結構、節奏、氛圍，分析解剖著我們的創作，只有你我知道，每一頁字裡行間，隱遁的思緒和詭思，像安裝好的密碼地雷，終有一日，會在無意中被記憶的回溯手勢引爆。

有些事情卻是同步的。譬如說，當文學獎入圍名單公布後，工作人員立即作業，將入選稿件傳寄決選評審老師。編輯小組馬上著手編輯複選集刊，好讓全校同學能閱讀入圍作品，以便參與公開舉辦的決選頒獎典禮。

另一方面，我們的社團也蠢蠢欲動，進行「搶讀雙溪」的活動。企圖以在野的角度發聲。在社員不厭其煩的討論與辯駁之後，定出我們自己心目中的優秀作品，與評審老師的結果做一比較。我們趕製報刊，在典禮現場發放，像個游離的革命分子一樣。

想想，那真是一個繁華的年代。決選典禮如小型嘉年華會，一整日下來，大家都累了。名次已揭曉，一頂頂桂冠初戴，臨溪路上送走最後一批評審老師，許多人排排站，拍照，留念，輝煌過往。散會之後，編輯的同伴要一直忙到暑假，把決選集刊編出。而我們約好了，去看一部期待已久的晚場電影。

年少的身影珊珊走過。有些人仍寫著，有些人已在生活中擱筆。彼此甚至很少，或者，不會再聯絡。但是親愛的F，我偶爾在獨自的夜裡便會想起，T在樓梯上吐煙的側臉和她的小小菸灰瓶子。我想起，Y的巴黎風格在台北的飛塵中是如何保持優雅而不蒙灰呢？我想起，G後來總是很客氣地點頭微笑，擦身而過，文學，不再是他分內的事情。我想起，H一直堅持的理想和社會價值，最後，她掙到一個讓自己快樂的理由了嗎？我想起

Z，他與我之間似友似敵的牽繫，似乎都遙遠而不真切了。

我想起你，親愛的F，還記得嗎？我們在天氣清朗的週末早晨，相偕走過溪畔小路，要換過幾班公車，進城裡去探險嬉戲。

而我終於明白，在春雨霏霏的窗前，那滔滔奔逝的，並不是外雙溪；青春老了，青春老了，時光已遠，但留下一片模糊又清晰的，左岸歲月。

8

魂不守舍 祝福黃國峻

第一次遇見你的時候，我已經讀過你的第一本短篇小說集了。十一個故事，卻又不像是故事，或許是有人物與情節的詩。讀的時候總忍不住停頓下來，望著窗外發很長的獃。好像你要暗示的，不是現實的一些什麼，但是透過一地被曬綠的陽光，我也可以讀出其中的隱喻。後來黃春明老師說要邀你到班上，跟我們相互分享彼此寫作的心得。我很期待，在背包裡放著你的小說集。黃昏時分，看著你跟在老師身後走進教室。為什麼記憶中你是穿著一襲白色的襯衫，整個人瘦高而薄地貼著牆，老師簡短介紹之後，你便開始侃侃而談。你很緊張，有時忍不住要結巴，但敘述時帶著極具說服力的自信眼神，儘管那眼神不敢直視任何一個在座的人。你談起你的閱讀經驗與繪畫，對於小說的想像與理解，不知道為什麼，聽你說話，就像閱讀你的小說，詩意剪接；你整個人，晾在教室白花花的燈光下，就像一面素白的牆在說它的身世。那麼含蓄而素靦，我猜想你是害羞的。

下課之後，我們與老師一起去用消夜，席間的你，彷彿卸下了盔甲，回到一個兒子的身分，笑談起父子之間的回憶點滴，買錯的提琴、童年的孩子氣，我們也參與了，大家說說笑笑，直到散宴，我仍是鼓不起勇氣拿出背包裡的《度外》，請你簽字留念。沒想到隔天，我們不約而同參加了一場系上舉辦的座談會。冗長的言談中，你按捺不住與台上不同的觀點，拿出紙筆開始與我閒聊。你思路清晰地辨明了座談中某學者的盲點，但又是淡淡地，不露一點聰明人的機鋒，更遑論所謂莫須有的姿態。會議結束後，我終於提起勇氣請你為我簽字，你甚至慷慨地在扉頁上畫下一幅側臉，還留下了通訊方式，請我將作品與你分享。那一刻，我猜想在害羞的另一面，你是善良而熱情的。

好幾次，我望著你的住址，揣度究竟該不該寄上我的書？然而每一次，總因為不能抗拒的膽怯，打消了念頭。害羞與熱情，這原也是屬於我的兩項體質。其後，我仍陸續在報紙雜誌上看見你新的創作。有時是小說，不再那麼意識流，甚至也採用一些童話或寓言作為湯底，進行你所想要繼續的熬煮。有時是報章上短短的散文，更機動、幽默，就像你在言談過程中所乍現的某一慧黠體貼的微笑。在這些被你切片的主題裡，扣緊了城市眾貌、生活男女，麥克風試音所演唱出來的是專注而旁觀的凝視。

然而，難道凝視所揭示的，真的是一種無可避免的盲目嗎？在那盲目之中，還有沒有未完全燃盡的熱情？

隔年春天，我又在校園裡巧遇你。我剛下課，你穿著水藍色的風衣，坐在花圃的矮欄上，看見我和同學經過，便開心地揚起手招呼。我跑到你身邊又笑又跳地，驚喜地留下我的聯絡方式給你。我想，應該要帶著你逛逛這片我已漸漸熟悉的城市與山水，或許可以跟你更深入地聊一聊。然而，我的手機一直沒有響起。我知道你是害羞的，我當然明白。

但我無法預料，才沒過多久，卻聽見你離開了，離開了自己的身體。午後的城市，我聽見這消息，車流穿梭中，有一刻，像是真空。

記得你有一篇文章裡提到，其實我們早已死去，是透過存在本身才慢慢地復活。死生一事你是冷靜思考過的，鮮血和記憶都不算存活的證據，但是「只要人能專心欣賞滑輪鞋的小孩，只要坦然接受卑微的事實，相信人終將會慢慢復活的」。也許，在我們短暫交會之中，我所能給予的，不過是一點點盲目的注視，然而這其中，已有太多超乎文字所能表達的熱，還火苗旺盛。會不會就是這一份微薄的欲望，才支持著隨時都能枯萎的意志？

在瞬間真空的一秒過後，地球又開始公轉，人潮交錯。我想，卻再也聽不見你冷熱綜合的眼光，為這個世界述說一些其他的什麼了。怎樣是好，怎樣是壞？我無法迅速如你一般給出思辨清楚的答案，但就當我們都是住在借來的身體裡，這一日，你決定魂不守舍——如果，為的是去一個更好的「度外」，那麼，哪怕我始終對你沒有足夠的理解，仍有滿滿的祝福。

記憶書店

後來，不知道去哪裡好的時候，我說：去誠品吧。好像有細江英公的展覽，在寂寂的光影中，一份邪惡交織的美感，薔薇刑。於是，我們走向座落在地下二樓的藝文空間，一貫的極簡設計，原木氣質，走著，好像空氣都慢了下來。

空盪盪的會場被布置起來，打上燈光，掛上一幅又一幅細江英公的攝影，黑白的人像輻射出一股力量，記憶的，肉體的，性欲的，我們都給震懾住了。或許，是因為，我們還太陌生，還不習慣把心底的那一個部分攤出來討論、共享。但是，當我的眼光，望進多年前所拍攝的黑白照片中，又望進你的眼裡，會折射出一些什麼？你會記住這一刻嗎？

展覽區裡，每個人都靜靜地看著。

另一區是三島由紀夫的專館，把他的生平往事變成裝置藝術，如一本大大的書，或一些說明的圖片，如此耽美又決絕的三島由紀夫啊，曾複寫著我年少時直見性命的價值觀。其實，我有許多可以對你言說的，但不知從哪一行開始說起。然後，不知道為什麼，我們的腳步變得有些倉促（是因為，害怕得耽擱太久，會曝露出還不能表白的自己？），草草地

8

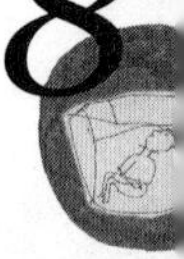

觀看完，就要離開了。

下一次再見你，會是什麼時候？你來不及回答，轉身上了公車。

下一次，不知道去哪裡好的時候，我又獨自去了誠品。一年將盡，室外吹著涼沁的風，書店裡卻熱騰騰地賣起各式各樣卡片。同樣一個會場，依舊被切分成兩半。我隨著人潮前進，想起細江英公的瑰麗光影，那不能直視的欲望，忽然就想起了你。該為你挑一張什麼樣的卡片，才能拿捏我們之間不算遠也不算近的距離？拿在手上的卡片忽然有些重，也找不到一個適當的下筆的理由，我沉默地將卡片放回架上。

不禁想著：再下一次，這個藝文空間，會展出些什麼？

同樣的一個地方，可以被不同的東西展覽，轉化成千百萬種記憶的格式，讓這城市的人們隨手帶走，或許是幾個音樂裡的顫音，或許是一個小小的擦身停格，或許是魚眼燈打落細江英公攝影照片的剎那——你的心，像一個我不能改變的藝文空間，被城市裡新的資訊裝置，我們擦肩，拭去眼淚音符，在不同的行人道上匆匆走過，終於，從此成為忘記留下名字的陌生人。

婚禮公車

8

南部小鎮的公車站，刷石子的牆壁上張貼著泛舊的時刻表，參考用，公車司機自有主張。從車站本體延伸出來一道護翼，一樣是刷石子的牆面，像一個伸出援手的巨人，慈愛地站著俯看。車站裡有一個售票口，旁邊是老舊公廁，站裡面聊勝於無擺著幾張鬆上褐漆的老木椅。偶爾陽光晴朗的日子，光的前緣就能攀進公車站內，像一只試探的舌頭，靜靜舔著黑暗。

我們總會在星期六的午後進入公車站。

星期六。我們一起到臨鎮去學習英文。陌生的字母單音節在我們的喉腔裡流通運轉。學著吐出那個音，學著捲舌，學著不發音。老師在黑板上用粉筆寫下生字，避是蜜蜂，鵲兒是椅子，布克是書。我們在意的不是那些。補習班巷口有一間雜貨店，賣許多日式小甜點：雨傘巧克力、可樂跳跳糖，我們買了分著吃。藏在小小的書包裡。騙是筆，踢球兒是老師，愛是眼睛，我們用俏皮的童音大聲唸出來，聲音撞在牆壁上，跌下來。古拜是再見，古拜踢球兒，古拜。

然後我們走路到一間奇怪荒涼的婦產科前面等待公車，隔壁的情趣用品店櫥窗晾掛著薄紗紫色內衣褲，從醫院大門的縫，我可以看見一條長長的走廊。路旁除了一根孤單的站牌之外，連候車亭也沒有。我們站累了，就拿出書包裡的糖果吃。沒有任何話題，沒有任何我們關心的事，唯一等待的是公車。

不管是什麼季節都一樣，天氣不會改變，我們所擁有的是身體，身體正在發芽，雖然還沒有準備好。我們登上一輛紅黃相間的公車，剛好有座位，你讓我坐在窗戶邊，涼涼的冷氣兜頭淋下來，像液體。偏過頭，我可以看見你別著髮飾的短髮，乖巧地貼著耳旁。這些年來，我們一起長大，不一樣的性別，不一樣的家庭，但我們始終像兩條貼近的線。親密的。開心的。暈白色的。很多畫面在車窗外一掠而逝。

過了夏天，我知道，一切將會不同。

我將離家，到一個莫名其妙的遠方去寄宿；你將搬家，到一個有點陌生的地方開始另外的人生。我們都那麼幼小，沒什麼可以自己決定的部分。然後公車駛向公車站，那裡是鎮上最大的公車集散地，車子轉彎，穿越從車站本體延伸出來的護翼，到後頭的停車處稍作休息。引擎的聲音像一艘靠岸的船，就那樣熄了。忽然抽身的冷氣，像瞬間消失的空氣，我們挪動身體，不要使自己被識破。彷彿車體間存在著某種陰謀。過了幾分鐘，方才離開去尿尿的司機先生會挪動他略胖的身軀，跨過排檔，讓自己勉強置放在方形的座位之中。熟悉的引擎聲搖晃，車子發動、倒車，駛向護翼處，總可以見到老弱婦孺、各式各樣學生們、他們已經在鐵紅柵欄後排成一列，車子停妥，柵門開放，他們便陸續上車。

已經第三次，在車門打開之前，你低聲告訴我：「假裝睡覺。」

我沒有聽懂你的意思。但你的頭就像沉沉睡著那樣地低垂下去了。雖然我們的嘴裡都還含著糖果，為了不顯得不合作，我也閉上眼睛，假裝睡。直到上車的人們都就位了，或站或坐，司機粗魯地踩著油門，我們便又離開護翼下的陰影，出發，回家。每當車子駛離公車站，你便像悠悠睡醒了那樣地睜開眼，並且把我搖醒。

那個夏天之後，我們古拜，開始青春期躁鬱，這些字眼太難讀了，當初老師來不及寫在黑板上，只能用身體去唸誦出來。我們各自展開殊異的人生，轉眼十數年的歲月經過，我有很長一段時間沒有再搭過小鎮上的任何一班公車。偶然一次經過，發現公車站已經改建了，護翼被拆除，我想著曾經置放在那裡面的幾項物件、泛舊色澤的陌生臉龐，他們都像一個黑板上的單字被輕輕擦去，只剩下粉末。

聽見你要成為新娘的那個夜裡，我夢見那一輛熟悉的老公車，你穿著雪白嫁紗坐在我旁邊，手裡拿著一捧美麗的花。車上所有乘客都為你開心歡呼著，公車仍舊停靠在護翼的陰影之下，結婚進行曲輕快地響起後，車上的人都像即興的樂手那樣開始演奏自己擅長的曲目，他們忽然都有了自己的樂器。

你依然在我耳邊輕聲說：「假裝睡覺。」

我點點頭，閉眼之前，望向窗外，光的舌頭已經完全把黑暗舔乾淨了。

寄居在你顱上的森林

1 交換容器

我可以前往嗎？寄居在你顱上的森林。

出發之前，我會先備妥橄欖綠的枕頭，交換你的夢境——那是一夜又一夜你迂迴飄浮的思索，像秋日雨水漸漸浸透了地層，你的夢濡濕了枕頭，而後又漲潮般覆沒你的雙眼，給你故事，給你場景，給你一個懸空的謎題。而你躺臥下來，攤平青春身軀，讓整個房間密縮如一枚膠囊，當睡眠與清醒失去確切的邊界，一場鼓聲搭配著雨點，你忽然睜眼，起身，點一根菸，望向陽台之外看不見的海。這海，你曾描述以一種親密而疏離的官感，背向那撫育你哺乳你的山巒，你走出自己的房間，漸走漸遠，讓海潮湧入雙耳像一種最龐大的樂器，輕輕彈奏我們並肩行走的這道堤岸，我們討論到城市的問題。你說，無論此地或他方，一個被樂意停留的場景是必須的。

我望向黑暗中的海，遠處幾盞比微末更衰頹的光在句讀著黑暗的段落。海水兀自翻湧，滿天繁星灑落，像一不小心，就會擊中某些屬於你我最脆弱的關節與關鍵，那些你本

打算要暗藏在胸腔裡透過煙的型式吞吐的。你說，「我是失去菸的煙」，本體與靈魂都存在，卻各自找不到容身的角落，那是一種飄零無語的失落。海的左方，沿著山脈稜線飛行四十分鐘的彼處，便是你想望的城市，喧嘩地聚集著光與聲音，人群與交會，快速地填充然後滯留在某一凝固狀態裡，生活得像一個難以改變的容器。

然而那裡卻是一個被樂意停留的場景？

是否只因為此地，在漫長蒸騰的縱線上，有些什麼不在預期內或抗體外的，都因巨大的天空與過度模糊的時間，給一點一點的稀釋了？我沒有答案，躺下與海岸平行，望向濃度不一的天空，夜間厚實的雲朵被風追趕著，還沒有找到屬於自己的一驛。

2 語言的丘

啊我不禁要告訴你——是因為星星移動了位置。

在我們最遙遠與最靠近的片刻，如同這世上所有怕冷的靈魂，那時，我們還沒有討論到愛情。但我們已透過語言交換夢境。

我一連三天都夢見與車相關的場景：第一夜，被砸爛如廢鐵般的交通器具，在慘白路燈下就像一句被暗街吐出的髒話，顯得乾燥而扁，我束手無策、來回踱步，找不出一個可信的，車被破壞的理由。第二夜，我駕著車，飛快地在空中滑行彷彿有一隱形軌道，遊樂園式的雲霄飛車快感降落與爬升，最後，車子終於脫軌，嘩地向空中飛出、猛然落下後刺破了海面。我在車廂內感受到海水密密包圍住車體的瞬間，那一刻，我的肉身與車身替換，海水的觸感自皮膚表層滑擦，我閉上雙眼無法呼吸，然後驚醒過來。第三夜，我再度駕車上路，車子在看似完好無事的狀態下出發。沿途陽光明媚像巫類密謀的咒，幾種綠在輪班，預感不斷在我頭上產卵。果然，一個緊急的片刻，我必須死踩剎車的片刻，剎車失靈了。我便一路放棄所有、無比輕盈地向陽光衝撞而去，並且，在忍不住尖叫時醒來。

「攀爬自己是不是一件累人的事？」你只淡淡地問著。舉重若輕的我們如何能涉過生命底層湧來的潮汐，那樣親切又蠱惑地要求一再向前。向前。再向前。然而一直擔心著的、難以駕馭的自我，就要那樣衝撞破規矩了喔。

向前。當我們前進在不斷蜿蜒的橙色公路，右手的雲層像捲軸那樣舒展而開，事不關己地變換藍紫粉紅淡藍，其下是海，風聲呼呼穿越木麻黃。

日光散去之後才發現，根本我們都還攀爬著一座語言的丘，這一字一句的交換、模擬、轉述，無論如何無法抵達最真實，如果還有所謂的核心。

而你的夢持續上映，像一部無名電影的空景：在日式的城牆上有一籌莫展的將軍，他正擔心遠方森林裡是否隱藏著弓箭陣隊，要射落他的一生。由於那座會移動的森林太鮮活，我們都想起了黑澤明。又或者，你繃緊又無能為力地巡邏在舊時校園裡，看見不同的教室上演不同的暴力片段，你感到莫名心虛，彷彿一切事件源頭都可以上溯到自身眼裡，然而你又無法出手嚇阻。於是，也只能百無聊賴地在夢裡手髒腳髒。每踏一步，都留下一些線索，有人在街頭等著你上車，然而你不能，因為你還沒有去漬。

確實，要跟生命的某些部分那麼徹底斷裂是那麼困難，記憶像魅影揮之不去又沒有一個夠絕對的端點，為我們標註出時間，告訴我們，自此改變。只好暗中延長著、變形著、苟延著。你是有那麼多能量、還有那麼多愛可以給予的，但你也是永恆奔跑不被依靠的。

是因為星星移動了位置，所以我們曾相信的一些什麼，才會偷偷換了身分。

3時間薄翼

我們討論到生命。當雨水傾斜地飄落，挾帶著身不由己的綠葉，黑暗中，山像一頭蹲踞的獸，有微光從路的對面漾起，是遠方的來車，在夜霧中，像電影院裡一束自暗室中發生、旋轉的光，豎起耳朵，還可以聽見膠捲轉動的聲音。

光線交錯，兩輛陌生的車短暫地經過彼此，駛向相反。

相愛過的兩人，能不能輕易駛向相反呢?在現實生活的齒輪中，最令你奔波費神的恐怕還是關乎情感的互動。甚且不能草率地以欲望、溫暖，或肉體去簡寫這些可供重複閱讀的過程。對待著的兩者，也對立著，對望著，像不可捉摸的滲透，靜靜地在彼此的生命裡以殘暴與溫柔，製造新鮮場景，只是到了最後發現，有些路繞了千百次，都回到最初的地方。那個因同樣畫面而怔住的片刻，同時也被生命的網膜黏住，像一隻夏日盡頭來不及起飛的蟬——不得不承認，我們都希望還有那個被挽留的模糊感，卻又總在清晨頭暈嘴乾地醒來，多希望一切只是枕上殘留的夢魘。

時間張開身後的薄翼，我們是如何自私地停靠其上呢。

或者那時，我們便假裝要遺忘曾經很細膩的試探，繞過幾個彎才能解渴的想念，又或者拿一盞燭火探照戀人身體，用最謙卑的聲音去問候與回答，那些戀情紀事始末，難道只為了享受曖昧？像一場紙盒裡的火光，看得見美麗，不會被燙傷。當盒子裡的火，終於忍不住竄出火舌，我們又該拿什麼語言相對？

車子穿過一次又一次的黑暗。黑暗也會疼痛嗎？當它被穿越。駛向相反的兩輛車還應該記掛彼此嗎？「一切看起來無以脫身。」你說。其後我們便狡猾地滑開，像一切什麼都沒有發生過，只是讓車子繼續在軌道上繼續，讓時間在飛行的順序上飛行，讓你美好但尷尬的年齡漸漸鬆動，你努力地跑開跑開，一條隱形的線一直跟蹤著你。

我在中途折返，不是因為心虛後悔，不是喪失冒險的衝動，我只是怕從黑暗駛到天明，那迎面而來嶄新的天光，會照亮我倆怯懦不語的臉龐。

4 哭泣的光

那麼，我還可以前往嗎？並且，寄居在你顱上的森林。如果我們可以交換的不只有夢境，還有伴隨著無法拋棄的身分與肉體。我將會在夜暗時分扶坐在你的陽台，唇邊叨著一根未燃的菸，指尖無企圖翻閱幾頁已熟讀的《惶然錄》，耳裡聽見的是同一首〈Asleep In The Back〉。冒著一種失去的危險對著死去的盆栽植物發獃。這個已經充分醞釀過的房間，回顧地面上的排列，煙霧瀰漫之際所能製造的誤讀，以及終於把我曬醒的新的一天。

閉上眼睛我將可以數算出自己的四雙球鞋、三十件T恤，一瓶沒喝完的礦泉水，地上的幾本書已經咀嚼，然而胃痛還是沒有離開。「然而誰啊，可以來拯救這些這裡。」這才是你要的救贖，並非擁抱或者親密可以代替。一種有距離的凝視，然後，不切斷那些連續性的記憶，甚或更積極地去縫補碎裂的衣。倘若我們真能交換身分，我會主動去扭轉這些嗎？或者也只是靜靜如海上不被過問的沉船，當陽光詢問傾圮的船桅，便留下一道道巡邏的光。

如果我已經先棄置自己，又有什麼可以與你交換？我的橄欖綠枕頭裡的夢境是定量的，超過保存期限的記憶漸漸發酸腐朽，頹靡的肉身且無法依時孵化甜味的夜，這些借來的幸福都不算數，我有什麼可供交換的？

生命應該走到哪裡？難道只透過漂亮的話語告知對方，便可以當成沉默契約遵守？我心知肚明，我有的一切都不是你要的，這是一場失衡的出航，因此船在近海觸礁但沒有引起任何關注，只有遙遠的注視發現海上隱隱有著哭泣的光。

5流質意志

如果傷口已經來了，那就不要讓它擴大。就像，總該有人承認，完好的時候想起毀壞，擁抱的時候規畫離開，這一切都是寫在血裡，流動的意志。

不在你身邊的時候，我思考著你，像思考一個祕密。我們曾經正式討論過孤獨嗎？孤獨像山脈畫在黃昏的線條，不為什麼就存在了。但我想孤獨與寂寞並不相似，也不互相模仿。我想像你，當被體制包圍，顫抖著找不到合適的語言，索性將原本可以發亮的眼神調暗，或者總感覺自己慢慢脫離了身體，在一個上面靜靜地俯瞰。這一切，除了孤獨之外，還有一種不得不然。你那美麗但不在乎的身體，也注滿了不得不然。傷口已經來了，你也可以凝視著血的河圖。擁抱已經壞了，你耽讀著某一篇章，要怎樣才能讓彼此駛向相反？這未來不是你要的，馬上放棄也無妨。你但願可以讓本體價值更自在地舒張，找到一種善意的聆聽。關於這顏色只會更形斑駁的未來，我沒有任何辯駁的語言，只好學你的句子。

「你不敢想，是因為怕它們成真。」我說。

6 體內花園

認真地說，我最羨慕的，便是你言說欲望的方式。欲望如何能夠說的那樣自在，好像一切都是理所當然，沒有判斷。欲望或其化身是什麼？一排緊臨的窗戶彼此窺看，誰也不承認自己已經撫養過一座體內花園，誰也不想當園丁。然而你沒有這樣的偽善。你臉上的笑容儘管帶著一點心酸，說起自己的欲望同時，絕不怯場。或許，正因為你不只擁有繁花盛開的體內花園，還有一座可供寄居的顱上的森林吧。當你默默思索著，嘟著嘴點一點頭，那森林裡便鳥飛獸散，各自尋覓一場豔遇；待一天又來，反覆勾勒著相同的線條，還遲滯著未有進展，森林彷彿密雲遮蔽，藤蔓橫陳，然而這一切如此青春、自然。

我們或許都還沒有放棄尋找一種表達的可能，比方說你最在意的純粹，被理解的需要，或者來自陌生的暖意。這些充斥在生活張力的實驗中。你沒有放棄肉體，雖然一直想像置換。然而只要你能持續言說欲望，欲望就會張開它的複眼，在能見度清晰的某些片刻，為我們指引方向。

在你顱上的森林寄居之後，偶爾我也變得勇敢。承認自己從來沒有一個人去過海濱，並非害怕黑暗或者曝曬魚網的腥。而是，我更習慣獃在自己的房間裡旅行，看海洋變換顏色，流雲勾織山巒，夜晚黑暗就位之後就把燈點燃，讓自己隨著時間的經過安靜的燃燒。然而總有一些不能掌握的世界在窗外變形，四面八方溢進來流言的氣味，和無法分辨的新聞事件。我感覺體內的意志像無法融合的水銀，祕密地擠壓著每一凹凸坑洞之境。再遲一些，就要誇張爆炸了。

幸運的是，我只攜帶著橄欖綠枕頭，就獲得入場票券，可以輕易地前往與出發。被揉縐的城市在我們的言語間忽生忽滅，但是又有什麼關係？一切透過想像編織，你在美好但尷尬的年齡裡像困獸，我在寄居森林的經歷中摸索，彼此都有快樂與痛。雖然我不免擔心你的指責：「或許從來就沒有那些這些，已經到來的未發生之事。」

那時，我將從時間的薄翼上甦醒，發現一切只是自己揣想的對話，我抱住自己像抱住一個容器，晃盪的水聲暗示某些液體已經填充了舊時窪地，那些被誤讀過的字句可否就如不可挽留的鼓聲和雨，只為了迎接又一個黎明。寄居在你顱上的森林，像一隻啣走夢境的雀鳥。那些已到來的未發生之事，在閉眼冥想之際，其實也是不連貫的夢境吧。

我想，當我攤平體內的星圖，某些星星雖然移動了位置，但記得本身就是一件燦爛的事。

8

國家圖書館出版品預行編目資料

除以一／孫梓評著．－－初版．－－臺北市：
麥田出版：家庭傳媒城邦分公司發行，
2005〔民94〕
面；　公分．－－（孫梓評作品集；10）

ISBN 986-173-014-1（平裝）

855　　　　94022331